Jörg Ingenpaß
In Zeiten wie diesen

eine dystopische Novelle

2023

Für die Welt

Wenn wir die Natur besiegt haben, werden wir uns auf der Verliererseite wiederfinden.

   Konrad Lorenz

1

Noah radelte neben Alina. Er hatte seine Schwester von der Arbeit abgeholt und sie kamen vom Norden her in das bewohnte Gebiet Duisburgs. Ihre Blicke trafen sich und Noah bemerkte, daß Alina außer Atem war. Die Hitze machte ihr zu schaffen, und auch Noah war erschöpft. Er hatte den ganzen Tag im IRZK zugebracht. Sie hatten versucht, einen Kollegen auf die Reise zu schicken. Noah wusste nicht, ob es funktioniert hatte, keiner wusste das. Nie wusste man das. Trotzdem probierten sie es. Denn das war ihr Job und ihre Hoffnung. Noah schaute nach rechts; über den Linsenfeldern glühte die untergehende Sonne in einem unbarmherzigen rot. Bestimmt war es noch an die sechsunddreißig Grad heiß. Oder auch nur vierunddreißig. Es war totenstill. Im Sommer sowieso. Da hörte man kein Insekt. Und Vögel gab es lange schon nicht mehr.

„Schau mal dahinten", sagte Alina und wies mit einer Kopfbewegung an den Westrand der Felder. Eine Gruppe Menschen lief dort umher.

„Bestimmt Plünderer, wer soll sonst dort herumlungern", antwortete Noah. Abends wurden die Felder bewacht und die Schutztruppen massakrierten die Plünderer mit ihren Äxten. Tagsüber war es wegen der Hitze ohnehin zu gefährlich, sich auf den Feldern aufzuhalten.

„Weißt du noch letzten Monat?", fragte Alina.

Sie hatten auf dem Nachhauseweg einen gefunden, der anscheinend die Mittagssirene missachtet oder nicht gehört hatte. Noah hatte gesagt:

„Schau mal, der Trottel."

Und Alina hatte geantwortet:

„Ob der noch was Brauchbares dabeihat?"

Sie hatten angehalten und waren abgestiegen. Alina hatte Noahs Rad gehalten, damit er schnell wieder aufspringen konnte – vielleicht war es ja eine Falle. Noah hatte dem Toten in die Hosentasche gefasst, aber alles, was er fühlte, war die ausgetrocknete Haut, durch die er bis an die Beckenknochen tasten konnte.

„Nein, nichts, nur Haut und Knochen."

„In der Hemdentasche?"

Noah griff hinein.

„Nur Rippen."

„Na dann."

Sie fuhren weiter. Kopfschüttelnd.

Alina wohnte in der Nähe des Pollmann-Kreuzes in Marxloh. Früher war das ein belebtes Viertel gewesen. Noah wohnte keine zehn Minuten entfernt, aber oft blieb er über Nacht bei Alina und seinem Schwager Jan. Nachdem Noahs Frau gestorben war, war ihm seine Wohnung fremd geworden. Das Leben war ihm fremd geworden.

Sie erreichten das alte Mietshaus aus den zwanziger Jahren des vergangenen Jahrhunderts und gingen die Treppe hoch. Es roch nach Staub und Hitze. Oben angekommen öffnete Alina die Tür, Noah folgte ihr und schloss sie hinter sich.

„Alina?", rief Jan von seinem Bett aus. Seine Lungenkrankheit schien ihm zu schaffen zu machen. Er keuchte. Obwohl Alina Ärztin war, konnte sie ihm nicht helfen. Sie wusste nicht einmal, was er genau hatte.

„Ja", antwortete sie. „Ich hab Noah mitgebracht."

Noah hatte miterlebt, wie sich Alinas Beruf in den letzten Jahrzehnten verändert hatte. Er erinnerte sich an die Zeit, als sie Medizin studiert hatte. Stolz war sie gewesen, doch viel davon hatte sie sich nicht erhalten können. Da war Noah froh, daß er Wissenschaftler war und Rückführungen plante.

„Ah, ja. Noah, wie geht es? Habt ihr wieder einen auf die Reise geschickt?", fragte Jan.

„Ja", antwortete Noah. Früher hatte er mit Jan oft in der Kneipe einen getrunken und sie hatten über Gott und die Welt geredet. Aber durch seine Krankheit war er matt und still geworden, wie aus dem Leben gefallen, und das tat Noah leid.

„Und, ist er gut angekommen?"

„Er ist nicht mehr hier", antwortete Noah.

„Das ist gut", sagte Jan.

Alina ging zur Kochstelle. Seit dem großen Blackout bestand sie aus einem alten Rost, über den sie einen Abzug gebaut hatten, der in einen Kaminabzug des Mehrfamilienhauses mündete. So konnten sie gefahrlos Feuer machen. Noah ging mit Alina am Wochenende oft morgens hinaus. In den toten Wäldern war es ein leichtes trockenes Holz und Reisig zu sammeln, und so konnte Alina auf dem Rost kochen, wann und solange sie wollte, statt die Stromsperrstunden zu beachten.

„Soll ich?", fragte Noah.

„Das wäre nett. Meine Hände sind so steif", antwortete seine Schwester. Noah nahm den Bogen und das Brett, den Holzstift und etwas Zunder. Dann spannte er den Stift zwischen den Faden des Bogens und positionierte ihn in der Kuhle des Brettes, das er mit dem Zunder ausstaffierte und einem kleinen, flachen Stein, den er in der Hand hielt. Er bewegte den Bogen hin und her. Der Holzstift drehte sich. Noah pustete leicht auf den Zunder und schließlich entflammte dieser. Alina hatte bereits etwas Kleinholz und altes Papier in die Feuerstelle gegeben. Jan beobachtete die beiden und hustete seinen trockenen, rauen Husten. Bald brannte das Herdfeuer und Alina setzte den Topf mit den Linsen, die sie am Vortag zum Wässern aufgesetzt hatte auf den Rost. Sie öffnete den Schrank und holte ein Fladenbrot heraus.

„Schon ein wenig trocken geworden."

„Hauptsache nicht schimmelig."

Noah schaute sich den Hirsefladen an, den Alina vorgestern auf dem flachen Stein am Küchenfenster in die Sonne zum Trocknen gelegt hatte. Er biss eine Ecke ab. Es schmeckte leicht säuerlich, so wie es sein sollte, aber viel war es nicht mehr.

„Hättest Du was gesagt, Alina, dann hätte ich noch etwas Weizenbrot mitgebracht", sagte Noah.

„Weizenbrot?", fragte Alina. „Wo hast Du das denn her?"

„Ich war im StaLe", antwortete Noah. StaLe war der staatliche Lebensmittelladen, der rationalisierte Waren verkaufte.

„Und da gab's gerade Weizenbrot?"

„Nein, aber Weizenmehl. Ich habe gebacken."

„Gab's auch Äpfel oder Birnen?", fragte Jan.

„Nein, ansonsten war Flaute", antwortete Noah.

„Habt ihr Fleisch mitgebracht?", fragte Jan.

„Woher denn?"

„Ihr wart doch auf den Feldern."

„Man trifft ja nicht jeden Tag auf einen Köter", sagte Alina.

„Und eine Ratte oder Katze?"

„Auch nicht", antwortete Noah.

„Na, dann", sagte Jan und rieb sich den Bauch.

„Du wirst auch so satt werden, jammere nicht", sagte Alina unwirsch.

Noah zuckte zusammen. Sie meinte es nicht so, aber was sollte sie auch anderes sagen? Und Jan wusste ja, daß man nicht jeden Tag Glück haben konnte. Noah mochte Katze sowieso nicht. Ohne die richtige Marinade schmeckte Katze einfach ekelhaft, und im Sommer fand man nicht die richtigen Kräuter, um sie zu marinieren. Im Winter war das etwas anderes. Wenn es mal regnete, sprossen Kräuter aus dem Boden, und dann konnte er

Brennnessel, Löwenzahn und Sauerampfer suchen. Dann gedieh auch mal ein Kohlkopf oder man fand hier oder da einen Beerenstrauch. Im Winter konnte Noah Kräuter sammeln und trocknen. So hatte er im Sommer etwas zum Würzen, wenn es nur Linsen und Hirse gab. Er vermisste die Vielfalt an Gemüsesorten und Früchten, aber es war nichts zu machen: Seitdem der Klimawandel zuge-schlagen hatte, gab es Hirse und Linsen.

Das letzte Woche mit dem Köter war pures Glück gewesen. Plötzlich hatte er dagestanden. Ein Mischlings-hund, gar nicht mal so klein. Er hatte erst geknurrt, dann gewinselt und war schließlich auf sie zugekommen. Alina war abgestiegen und hatte auf ihn eingeredet: „Ja, ein Braver bist du, ein ganz Braver."
Noah hatte sich umgesehen. Schnell musste das gehen. Ganz schnell. Er hatte ein Stahlrohr gesehen, es lag keine vier Meter entfernt zwischen den Linsenbüschen. Noah hatte sein Rad hingelegt und hatte das Rohr geholt. Und als er zurückgekommen war – Bammm!
Während Alina noch den Hals des Hundes kraulte, hatte Noah ihm das Rohr voll gegen den Schädel gezimmert. Er wollte ja nicht, daß sich das Tier quälte. Und das tat es auch nicht. Es war umgefallen wie ein nasser Sack. Es hätte ohnehin keine Viertelstunde mehr überlebt.

Irgendwer kam hier immer lang, und niemand hätte diese Gelegenheit unversucht gelassen.

„Guter Schlag", hatte Alina gesagt.

„Ja." Noah schluckte.

Es war wirklich ein guter Schlag gewesen.

Sie mussten zusehen, daß niemand sie mit dem Hundekadaver sah, mussten ihn unbemerkt nach Marxloh bringen, sonst hätte man ihnen das Vieh geklaut. Womöglich hätte man sie erschlagen deswegen. Alina hatte eine Decke dabei und Noah wickelte den toten Hund ein und schnallte ihn auf seinem Gepäckträger fest. Dann radelten sie weiter. Noah hatte sich auf das Abendessen gefreut wie selten.

2

Alina saß nun schon eine Viertelstunde in dem Behandlungszimmer und weinte. Die letzte Patientin war eine alte Frau aus der Umgebung gewesen. An die sechzig. Fieber hatte sie gehabt, wahrscheinlich eine Lungenentzündung aufgrund einer Infektion, die mit verdorbenen Lebensmitteln, faulem Wasser und Exkrementen auf den Straßen zusammenhing. Alina hatte fiebersenkende Mittel verschrieben und ihr gesagt, dass sie kommende Woche wiederkommen solle. Alina war sich sicher, dass es kommende Woche zu spät sein würde. Die Frau würde die nächsten fünf Tage kaum überleben. Aber Alina hatte es ihr nicht sagen können, so arm und schwach war sie gewesen und so jämmerlich war Alina sich vorgekommen.

Manchmal war Alina drauf und dran, ihre Praxis dichtzumachen. Einfach zu schließen, aus, vorbei. Manchmal wollte sie einfach nicht mehr. Dann bat sie keinen neuen Patienten in ihr Behandlungszimmer, sondern verschränkte die Arme auf den Tisch, legte ihren Kopf in die Arme und weinte. Es kam einfach über sie. Das Elend, das Alina sah, war anders als sie es sich nach dem Abschluss ihres Medizinstudiums vorgestellt hatte. An der Tür ihrer

Praxis hing ein Messingschild mit einem eingraviertem Äskulap-Stab und ihrem Namen:

Dr. med. Alina Hübner

Ärztin für Allgemeinmedizin

Die Zeiten waren härter geworden, seit sie die Praxis 2031 übernommen hatte. Ihr Vater war von Anfang an, den Untergang des Sozialsystems vorausahnend, dagegen gewesen. Alina konnte sich gut an die Gespräche erinnern.

„Und dann auch noch Allgemeinmedizin?", hatte er gefragt.

„Ja, weil ich den Menschen aus der Umgebung bei ihren normalen Beschwerden helfen will."

„Da wird später nicht mehr viel zu helfen sein, Alina. Wir manövrieren auf ein medizinisches Chaos zu."

„Ach, das wird alles nicht so schlimm kommen, wie du es wieder phantasierst. Sieh nicht so schwarz."

„Warte ab, in zwanzig Jahren sterben die Leute an Keuchhusten, einem Insektenstich oder einer kleinen Schnittwunde. Wenn erstmal alle Menschen gegen alle Antibiotika resistent sind, dann ist es vorbei."

„Die werden schon was erfinden", hatte Alina geantwortet.

Aber niemand hatte etwas erfunden. Und so war Alina eher Sterbehelferin als Allgemeinmedizinerin. Sie hatte öffentlich *„Ich schwöre, Apollon den Arzt und Asklepios und Hygieia und Panakeia und alle Götter und Göttinnen zu Zeugen anrufend, daß ich nach bestem Vermögen und Urteil diesen Eid und diese Verpflichtung erfüllen werde",* und so weiter und so fort geschworen, hatte summa cum laude abgeschlossen und nun – nach den Zwangssterilisationen zur Bevölkerungsreduktion, nach den Typhus- und Cholera-Epidemien – wurden grade mal noch eine Handvoll Pillen gegen Schmerzen, Infekte und Bluthochdruck und ein paar Sprays, Salben und etwas Kortison in einigen alten Fabriken produziert, national verwaltet und in kleinen Rationen ausgegeben.

Alina schluchzte und wischte sich die Tränen aus den Augen, stand auf und ging zur Tür. Das Wartezimmer war rappelvoll. Sie bat den nächsten Patienten, einen jungen Mann, in ihr Behandlungszimmer.

Es war mit medizinischen Instrumenten aus der Zeit vor der Krise vollgestopft. Manchmal hätte Alina sie am liebsten weggeworfen. Was nutzte es ihr, eine Diagnose zu erstellen, wenn das Ergebnis in fast allen Fällen der Tod war?

„Dann nehmen sie mal Platz", sagte Alina dem jungen Mann.

„Danke."

Er legte unaufgefordert zehn Taler auf den Tisch. Naturalien wie Steinsalz, Honigersatz oder ein Kanten Weizenbrot wären Alina lieber gewesen. Für Geld bekam sie selten, was sie benötigte.

„Was kann ich für Sie tun?"

„Ich hab da so eine wunde Stelle seit ein paar Wochen", antwortete der junge Mann.

„Wo denn? Lassen Sie mal sehen."

„Nun", sagte er. „Da müsste ich mal eben meine Hose ausziehen."

Alina überkam eine böse Ahnung.

„Nun gut", sagte sie.

Der Mann stand auf, öffnete die Hose und ließ sie herab. Alina trat heran, nahm ein Tuch, um den Hautkontakt zu vermeiden und sah sich den Genitalbereich des jungen Mannes an. Sie konnte eine wunde, geschwürähnliche Stelle am Penisschaft erkennen und den harten Rand ertasten. Es war, wie sie es geahnt hatte.

„Sie können die Hose wieder anziehen", sagte Alina.

Der Mann tat wie geheißen.

„Und, was kann man da machen? Haben Sie da eine Salbe?"

„Hatten Sie ungeschützten Geschlechtsverkehr?"

Der junge Mann antwortete nicht.

„Hatten Sie?"

„Ja", sagte er zögerlich.

„Mit ihrer Partnerin oder woanders?"

„Woanders."

„Am Stadtrand?"

Er nickte betreten. In Alina keimte Wut auf. Am Stadtrand am Flussufer verkauften sich alte wie junge Frauen, manchmal halbe Kinder. Die Ärmsten der Armen gaben sich, ihren Körper, für ein halbes Pfund Mais, einen Viertelliter gebrannten Schnaps oder hundert Gramm Pflanzenfett her. Um ihrer Familie etwas nach Hause zu bringen, mit der Gewissheit, sich früher oder später mit einem unheilbaren Keim, einem tödlichen Virus zu infizieren. Alina hatte schon einige dieser Frauen in ihrer Praxis behandelt. Einwanderinnen vom Balkan, aus Nigeria und den ostslawischen Republiken waren vor vierzig Jahren nur der Anfang gewesen. Mittlerweile verkauften sich Frauen und Mädchen unabhängig von Herkunft, Hautfarbe oder Alter.

„Wissen Sie nicht um die Gefahren?", fragte Alina.

„Sie haben sich eine Syphilis zugezogen."

„Und was kann man da machen?"

„Das wissen Sie nicht?"

Der junge Mann sah beschämt zu Boden. Er schüttelte den Kopf.

„Gar nichts kann man da tun. Aber das wunde Geschwür wird in ein paar Wochen verschwunden sein."

„Puh, da bin ich sehr beruhigt. Meine Frau wird langsam misstrauisch, warum ich keinen Verkehr mehr will."

„Sie sollten auch keinen Verkehr mehr mit ihrer Frau haben, sonst bekommt ihre Frau auch die Syphilis und dann…"

„Aber es ist doch in ein paar Wochen weg, sagen Sie."

„Es kommt wieder. Und im nächsten Stadium heftiger. Sie werden roten Hautauschlag und Papeln auf der ganzen Haut bekommen, Fieber und Glieder-schmerzen."

„Oh", sagte der Mann bestürzt. „Aber dann…"

„Lassen Sie mich ausreden", unterbrach Alina ihn. Schlimm genug, dass es Unschuldige erwischte. Aber was musste so ein dummer Junge auch noch an den Stadtrand gehen! „Im Anschluss wird ihre Haut infektiöse Flüssig-keit absondern", fuhr sie fort. „Ihre Frau muss sehr vor-sichtig sein, damit es ihr nicht wie Ihnen ergeht, denn Sie werden dann in den kommenden ein zwei Jahren mehr und mehr hinfällig werden, ihre Organe werden von dem Virus zerfressen, Sie werden wahrscheinlich eine Hirnentzündung bekommen und schwachsinnig werden – wenn es überhaupt noch zwei Jahre dauert."

Die Augen des jungen Mannes waren weit geöffnet. Alina sah seine Angst, seine Ungläubigkeit.

„Es tut mir leid, aber Sie hätten es wissen müssen."

„Ich... ich... ich...", stammelte er.

Alina stand auf. Sie ging zum Schrank und öffnete ein Schloss; dann zog sie eine Schublade auf und nahm eine kleine Packung heraus.

„Es ist wie es ist: In etwa zwei Jahren werden Sie sterben. Vielleicht auch schon früher oder vielleicht wissen Sie es dann auch gar nicht mehr, weil Sie in einem Jahr schon komplett schwachsinnig sind. Eine Hilfe werden Sie dann wohl keinem mehr sein. Nicht sich selbst, am allerwenigsten ihrer Frau und ihrer Familie. Sie werden mit ihrer Krankheit eine Gefahr für ihre Nächsten sein. Ich weiß nicht, ob es dann noch Medikamente wie dieses gibt, deswegen gebe ich es Ihnen jetzt mit."

„Was ist das?"

Alina hielt drei verschiedene Schachteln hoch: „Das hier ist ein blutdrucksenkendes Medikament, das hier ein Mittel gegen Übelkeit und dies ein starkes Schlafmittel."

„Und was hilft das?"

„Sie sollten sich – bevor es soweit ist – überlegen, rechtzeitig aus der Welt zu scheiden. Mehr kann ich leider nicht für Sie tun."

Tränen traten aus den Augen des jungen Mannes. Er stand auf, nahm die Pappschachteln mit den losen Tabletten und steckte sie in seine Hosentasche.

„Wiedersehen", sagte er schwach.

„Machen Sie es gut. Und bringen sie ihre Familie nicht in Gefahr", sagte Alina.

Dann verließ der junge Mann die Praxis.

3

„Wie läuft es auf der Arbeit, Noah?", hatte sein Vater ihn beim Abendessen gefragt.

„Ganz gut. Es ist schwer, aber es macht Spaß", antwortete Noah und legte eine Scheibe Käse auf seine Schnitte.

Damals gab es trotz des Blackouts noch üppige Brotzeiten. Es gab Lieferengpässe, aber keine Hungersnöte, und Noah war als Jungingenieur am Aufbau der dezentralen Netzversorgung beteiligt.

„Und wo warst du heute?", wollte sein Vater wissen.

„Wir waren in Wanheimerort. Haben dort einige Parabolspiegel installiert."

„Parabolspiegel", wiederholte sein Vater.

„Ja, momentan haben wir da einige aus alten Blechen – Motorhauben, Hausverkleidungen und dergleichen. Die Windräder sind alle verbaut. Zum Großteil am Rhein, also in Ruhrort, Hochfeld, du weißt schon."

„Und, sind die Leute zufrieden damit?", fragte seine Mutter und rührte mit dem Löffel bedächtig ihren Tee.

„Eigentlich alle. Die sind froh, wenn sie wieder elektrisches Licht haben, mal eine Herdplatte für einen Kaffee anschalten oder eine Stunde Radio hören können."

„Mir wäre das alles zu anstrengend. Heute hier, morgen da", sagte sein Vater.

„Ach. Es macht aber Spaß, ich kann den Leuten vor Ort helfen, da wirklich was bewegen. Also den Aufbau in den Stadtteilen mitgestalten. Das ist wirklich toll. Und die Leute schätzen das, wenn man denen hilft. Echt."

Viele Anwohner halfen mit, verlegten die Leitungen und testeten mit ihm die Installationen. Noah war abends immer kaputt von der Arbeit, aber er hätte seine Stelle nicht gegen eine andere tauschen wollen.

„Machst dir einen richtigen Namen, was?", fragte sein Vater.

„Ich glaube schon irgendwie."

„Kannst du stolz drauf sein."

„Vielleicht", hatte Noah gesagt. „Wichtiger ist, daß es voran geht. Aber du hast Recht. Ein wenig stolz kann ich wirklich darauf sein."

Damals – in den späten Dreißigern, also nun vor fast fünfundzwanzig Jahren – arbeitete Noah für die Kommune und hatte dafür gesorgt, daß die Menschen wieder Strom bekamen. Das hatte sich gut angefühlt. Vor zehn Jahren war er in die Forschung gewechselt, ins IRZK, dem Institut für Raum- und Zeitkontraktion, das staatlich gesteuert wurde. Das Projekt unterlag der Geheimhaltung, und Noah konnte seiner Schwester und seinem Schwager ab und an nur oberflächliche Geschichten erzählen, denn was wirklich im IRZK geschah, ging niemanden etwas an. Insbesondere nicht, weil das IRZK die dezentrale Netzversorgung anzapfte, weswegen Sperrstunden und Stromschwankungen an der Tagesordnung waren. Noah behagte das nicht. Ihn beschämte es, daß das IRZK für die Projekte mehr Strom benötigte als ihr Stadtviertel in zwei Jahren verbrauchte. Würde diese Information an die Öffentlichkeit gelangen, so wären Unruhen vorprogrammiert. Da war sich Noah sicher. Und wenn er ehrlich zu sich selbst war: Zurecht.

Genutzt wurde die Energie für den GBC, den *giant black cylinder*. Er war das Herzstück der Forschungsanlage. Niemand draußen ahnte etwas von seiner Existenz, denn der Zylinder war in das Erdreich getrieben worden. Mehr als einhundert Meter tief reichte er in den Boden. Man hatte dafür den Förderschacht der alten Zeche Walsum umgebaut. Die Rückführungen wurden als international hochrangiges Ziel eingestuft, und es gab GBCs in Duisburg, bei Calais, und irgendwo in Wales zwischen Swansea und Taff Valley, wo das Versenken der schwarzen Zylinder in alten Kohleschächten mit den geringsten Kosten verbunden war. Nur ob sie funktionierten, vermochte niemand zu sagen. So war Forschung.

Noah hatte mit der technischen Seite der Rückführungen wenig zu tun. Er arbeitete in Team B-2, dessen Hauptaufgabe es war, Zielpersonen zu eruieren. Das waren Personen, die Mitte der siebziger Jahre des vorigen Jahrhunderts verstorben waren, die eine hohe wissenschaftliche Ausbildung besessen hatten und über deren Leben man ausreichend Informationen zusammentragen konnte. Die Arbeit machte ihm Spaß, auch wenn sie weniger technisch war, als alles, was er vorher getan hatte. Die Beschäftigung war vielmehr forensischer oder detektivischer Natur. Er schnüffelte in der Vergangenheit herum, durchforstete alte Zeitungen und Magazine, las Forschungsberichte und studierte kartonweise Zusammengetragenes aus alten Haushalten. Das war spannend und Noah betrachtete oft wehmütig die alten Photos, die er in den Nachlässen fand. Was muss das für eine schöne Zeit gewesen sein, wenn sich Familien bei einer Geburtstagsfeier, mit Schlaghosen und Riesenkragen ausgestattet, anlachten und sich zuprosteten. Noch viel schöner, als er es als Kind in den Zwanzigern erlebt hatte.

Nachdem Sofia gestorben war, hatte sich Noah freiwillig für eine Rückführung gemeldet.

„Du willst das wirklich tun?", hatte Alina ihn gefragt.

„Wieso nicht – was soll ich noch hier?"

„Und was sollst du dort?"

„Überzeugungsarbeit leisten. Daß die Menschen bewusster mit dem Planeten umgehen."

„Wie stellt ihr euch das denn vor, in eurem Institut, wie soll denn das gehen?"

„Wir haben in den letzten zwei Jahren über zwanzig Personen zurückgeschickt. Wenn nur die Hälfte der Rückführungen geglückt sind, dann kann man gemeinsam als Forscherteam eine ganze Menge Menschen erreichen."

„Seit zwei Jahren? Und wie soll ich mir das vorstellen? Wie willst du die treffen?"

„Wir haben mit 1974 als Zieljahr angefangen. Da gab es schon ein gewisses Umweltbewusstsein. Es gab in den Wintern Smog, der Rhein war umgekippt, alle Fische waren tot. Die Menschen fingen an, über die Natur nachzudenken."

„Und dann kommst du mit den anderen Zielpersonen ins Spiel?"

„Genau."

„Und was tut ihr dann?"

„Artikel in wissenschaftlichen Magazinen veröffentlichen, Interviews geben, die Öffentlichkeit erreichen. Zeigen, was dieser Lebenswandel für Folgen haben wird. Druck auf die Politik ausüben durch Auftritte in Funk und Fernsehen. Und das konzertiert. Mit vielen Wissenschaftlern. Das können die nicht ignorieren."

Die geplanten Anschläge auf Industrieanlagen verschwieg Noah. Denn das war streng geheim.

„Aber wenn es schiefgeht? Wenn die Rückführungen nicht funktionieren?"

„Ich würde die kommenden zehn Jahre hier ohnehin nicht überleben. Irgendwann bekomme ich eine bakterielle Infektion oder einen Virus und sterbe. Das solltest du am allerbesten wissen. Was habe ich hier noch zu erwarten außer ab und an mal eine Portion Hund zur Hirse?"

Alina nickte. Sie schien ihn zu verstehen. Seit Sofia tot war, hing er nicht mehr an seinem Leben. Und wenn er jeden Tag auf der Arbeit die alten Photos betrachtete, überkam ihn die Lust, selbst mit einer Schlaghose herumzulaufen und sich Kotletten und die Haare lang wachsen zu lassen.

Noah und seine Kollegen vom Team B-2 für Zielpersonenanalyse hatten Berichte, alte Zeitungsartikel und

Photos zusammengetragen und sie gesichtet und analysiert. Noah war aufgeregt. Er konnte die Füße unter dem Tisch nicht stillhalten.

„Ich denke, daß wir Doktor Bender nehmen sollten, was meinen Sie?", fragte Doktor Peters. Alle nickten zustimmend.

„Noah, es ist also abgemachte Sache. Sie werden in ein paar Wochen in Doktor Benders Körper implantiert", sagte Doktor Peters.

„Ja, das ist dann so beschlossene Sache", antwortete Noah.

„Gehen wir nochmal die Details durch", sagte Herr Adelmann. Er leitete die Zielpersonenrecherche.

„Doktor Bender ist Physiker im Bereich der Festkörperphysik an der Universität Duisburg. Nichts, was Ihnen allzu fremd sein sollte. Er hat einige Veröffentlichungen in wissenschaftlichen Magazinen gehabt. Ich habe hier einige seiner Artikel und Forschungsresultate. Die sind ja bereits bekannt. Nicht wahr?"
Herr Adelmann nahm einige Zeitschriften, die auf den zusammen-geschobenen Tischen lagen auf und hielt sie hoch.

Noah nickte. „Ich habe sie mir in den letzten Tagen durchgelesen. Da ist jetzt nichts dabei, was ich nicht verstanden hätte. Alles in allem ein alter Hut. Knapp hundert Jahre schon jedem Studenten bekannt."

Noah rieb sich die Augen. Er war erschöpft. Im Flachbau, in dem das Büro eingerichtet war, war es trotz Klimaanlage warm. Er hätte sich gern eine Hand Wasser durchs Gesicht geschlagen.

„Doktor Bender lebt mit seiner Frau Gisela zusammen in einem Haus in Duisburg Wedau. Hier ist das Haus, hier seine Frau." Herr Adelmann hielt ihm zwei Photos hin.

Noah kannte die Bilder bereits. Gisela war eine attraktive Frau in den Vierzigern, schlank, brünette Haare, und auf dem Photo trug sie eine Sonnenbrille, die beinahe das halbe Gesicht bedeckte. Doktor Bender war einige Jahre älter. Das Haus ein Bungalow aus grauem Beton, nicht schön anzusehen, aber wohl damals zeitgemäß und modern.

„Haben Sie sich die Vita von Doktor Bender eingeprägt?", fragte Doktor Peters. Er kratzte sich an der Nase. Das tat Peters ständig, sodaß sie schon ganz rot und wund war.

„Sicher, Geburtsdatum, Herkunft, Ausbildung, Karriere, berufliche Kontakte, Hobbies."

„Was sind das für Hobbies?"

„Er spielt Schach im DSC 22 – dem lokalen Verein – und er liest viel", antwortete Noah.

„Konnten Sie Material über Schachspiel auftreiben, wäre ja zu peinlich, wenn sie im Verein den letzten Rang belegen." Doktor Peters lachte. Und kratzte sich wieder an der Nase.

„Ja, ich habe zwei Bücher über Schach finden können – *Legendäre Schachpartien* und *Grundzüge der Schachstrategie*. Ich denke, ich komme damit klar."

„Wird schon reichen. Und wissen Sie, was er so liest?", fragte Doktor Peters.

„Nein", antwortete Noah. „Aber das kann nicht allzu viel sein. Doktor Bender scheint beruflich und fachlich sehr ausgelastet zu sein."

„Und die beruflichen Kontakte?", fragte Doktor Peters weiter.

„Sind größtenteils von Universität und Forschung bekannt. Ein paar Ausnahmen gibt es, aber das scheinen eher unwichtige zu sein. Das wird sich dann alles ergeben", sagte Noah. Er wusste nun genug über Doktor Bender. Für ihn hätte es hier und jetzt losgehen können. Das ständige Durchkauen der Ergebnisse und Recherchen brachte ihn nicht mehr weiter.

„Was ist mit Freunden?"

„Das gestaltet sich etwas schwieriger. Familie hat er fast keine. Seine Schwiegereltern leben noch. Er hat einen Schwager. Kinder sind nicht vorhanden. Aber Freunde? Da haben wir kaum was rausfinden können", antwortete Herr Adelmann. Er schüttelte den Kopf.

„Nun, ich denke, das wird schon gehen. Da werde ich mich dann an seine Frau halten. Der sollte der Freundeskreis ja bekannt sein. Und da ich ja zu dem Zeitpunkt bereits klinisch tot war, ist es wohl nicht verwunderlich, wenn ich einige geistige Einbußen habe, oder?"

„Da haben Sie recht, Noah", sagte Doktor Peters.

„Wann ist es denn genau soweit?"

„In zwei Wochen. Dann geht's zurück zum 18.07.1976, 12:56. Doktor Bender verlässt da eine Vorlesung und stirbt an einem Herzinfarkt", antwortete Herr Adelmann.

„Ja gut, die Herren, dann mal weiter gemacht."
Doktor Peters verließ das Büro und Noah setzte seine Recherchen fort. Er wollte nichts dem Zufall überlassen, wenn er am 18.07. nach dem eigentlich tödlichen Herzinfarkt als Doktor Bender wieder wach und ein ganz neues Umfeld kennenlernen würde. Er hätte dann andere Kollegen, eine andere Familie, und er würde eine ganz andere Welt kennenlernen. Nicht die Welt nach der

Katastrophe, nach dem Internet, nach dem unbekümmerten Leben, sondern eine Welt vor dem Internet, vor dem Blackout, vor der Nahrungsmittelknappheit, vor all dem, von dem Noah das danach kannte.

Noah schloss die Augen, lehnte sich zufrieden zurück. In zwei Wochen würde man ihn in einen Latexanzug stecken, ihn in den GBC führen, und ihn, nachdem man seinen Körper, seinen Anzug und seinen Kopf mit Sensoren versehen hatte, festschnallen, so fest, daß er kaum noch atmen könnte. Dann bekäme er ein Sedativum. Er würde nichts mitbekommen davon, wie der GBC auf Winkellichtgeschwindigkeit beschleunigte. Angetrieben durch Plasma, welches man aus schwerem Wasser und den Helium-3-Reserven der letzten Mondexpeditionen gewonnen hatte. Man würde seinen feinstofflichen Körper in den des toten Doktors implantieren, wenn alles richtig und wie erdacht funktionieren würde. Übrig bliebe im Hier und Jetzt von ihm nur eine schleimige Masse in einem Latexanzug. Würde es nicht funktionieren, würde es ihm egal sein, er würde nichts davon mitbekommen.

Noah war auf eine positive Art gespannt. Ja, er freute sich auf die Rückführung. Er hatte diese Gegenwart so satt mit ihrer Eintönigkeit, ihrer Kargheit, der Hoffnungslosigkeit. Und nun tat sich die Chance auf, neunzig Jahre in die Vergangenheit zu springen. In eine Zeit, in der es alles im

Überfluss gab, niemand Not litt, alles möglich war. Noah konnte es kaum erwarten.

4

„Na, dann wollen wir es uns mal schmecken lassen", sagte Alina und stellte die kleine Schale mit den Möhren auf den Tisch. „Ich hab sie extra nur gedünstet, damit sie ihren natürlichen Geschmack bewahren."

„Wo hast du die überhaupt her?", fragte Jan.

Noah antwortete für Alina: „Jemand aus dem Institut hat einen kleinen Garten, der recht gut abgeschirmt ist, und zieht da ein wenig Gemüse. Hat sich damals eine eigene Pumpe installiert und holt das Grundwasser aus über hundert Meter Tiefe rauf. Er hat heute ein paar Gurken und Möhren mitgebracht, und da konnte ich eben vier davon abstauben."

„Hab ich schon ewig nicht mehr gegessen. Bestimmt seit sechs oder sieben Jahren. Danke, daß du an uns gedacht hast."

„Ist doch selbstverständlich. Wenn du früher mit deiner Zwille einen Hund geschossen hast, hast du uns auch zum Essen eingeladen."

„Ehrensache. Gibt es aber nur noch selten."

Alina nahm Jans Teller und füllte ihn mit Linsen und Hirsepüree. Dann gab sie einen Löffel Möhren hinzu. Jan nahm den Teller entgegen und roch an den Möhren. Er lächelte. Alina sah ihn nur selten lächeln seitdem er so krank war und sich als Belastung empfand, und so freute sie sich umso mehr, dass sie ihn mal wieder zufrieden erlebte.

„Früher, da hatten wir noch das ganze Essen aus den Südländern, wisst ihr noch? Oliven und Tomaten. Das war was. Ha! Artischocken. Kennt heute keiner mehr."

„Weißt du noch, Noah, als wir damals in Italien waren?", fragte Alina.

„Ja, ich erinnere mich. Florenz. Venedig. Damals konnten wir noch im Meer baden, überleg mal – im Mittelmeer. Muss man sich mal vorstellen", sagte Noah.

„Damals hat Vater schon darüber gemeckert, wie überlaufen und wie schlimm es war"

„Wenn der wüsste, wie tot es da heute ist", sagte Noah. „Und Venedig: abgesoffen." Er lachte bitter.

„Und dann sind sie alle hierhergekommen", sagte Alina.

„Nicht alle", antwortete Noah.

„Na ja, bis sie die Schweizer und Österreicher Alpen vermint und da die ganzen Selbstschussanlagen installiert haben. Dann ist ja keiner mehr lebend rübergekommen", sagte Jan, lachte und bekam einen Hustenanfall. Anschließend schob er sich schmatzend ein Stück Möhre in den Mund.

„Jan. Iss doch nicht wie ein Schwein. Wir sind doch unter zivilisierten Menschen", sagte Alina.

„Aber ihr kennt mich doch, wieso soll ich da nicht schmatzen, wenn es mir mal ausgesprochen gut schmeckt und es nicht nur Hirsepamp gibt?"

„Weil das eklig ist", antwortete Alina. Ein wenig Etikette war für sie das letzte Bollwerk gegen das komplette Loslassen des sozialen Miteinanders. War es nicht schon schlimm genug, daß die Welt um sie herum sich auflöste? Sollte man da nicht wenigstens in seinem Umfeld versuchen, Anstand und Sitte zu bewahren? Aber Jan lachte. Und schmatzte weiter. Im Nu waren die vier Möhren verputzt und sie aßen die noch übriggebliebenen Linsen und die Hirse.

„War das lecker heute. Noah, was sollen wir ohne dich machen? Wer bringt uns solche Köstlichkeiten mit, wenn du in zwei Wochen weg bist?", fragte Alina ihren Bruder.

„Was soll ich denn da jetzt sagen?"

„Willst du das denn nun wirklich machen mit dieser Rückführung?", fragte Jan.

„Ja, auf jeden Fall. Ihr dürft mich schon mal Doktor Helmut Bender nennen. Denn der werde ich dann sein, wenn alles funktioniert."

„Doktor Helmut Bender", sagte Jan ganz langsam und betonte es hochachtungsvoll.

„Glaubst du wirklich daran, daß alles funktioniert?", fragte Alina. Bisher gab es laut Noah keinerlei Indizien dafür, daß die Rückführungen erfolgreich waren. Rückgeführte sollten in einschlägigen Zeitungen Inserate mit einem abgesprochenen Text schalten. Aber niemand im IRZK hatte bislang solche Meldungen entdecken können und Alina wusste nicht, wie Noah das einfach ignorieren konnte.

„Ich weiß nicht, ob es funktioniert, aber es spricht einiges dafür."

„Was denn?"

„Die Theorie."

„Und das reicht dir?", fragte Alina und schüttelte den Kopf.

„Sonst haben wir nichts."

Mit Theorie brauchte Noah ihr nicht zu kommen. Sie glaubte nicht an Theorie, wenn man heute nicht einmal mehr eine Syphilis heilen konnte, sondern die Kranken an einer Wundinfektion, Masern oder Skorbut krepierten.

„Für mich hat es den Anschein, daß du in zwei Wochen tot sein wirst", sagte Alina. „Das ist die Praxis für mich."

„Aber es ist die einzige Chance, die wir haben", antwortete Noah.

„Aber wieso musst du diese Aufgabe denn erfüllen?" Alina hätte es Noah am liebsten verboten. Aber Noah war ein erwachsener Mann und musste anscheinend tun, wozu er sich berufen fühlte.

„Alina, wir haben doch schon tausendmal drüber gesprochen", sagte Noah und Alina wusste, daß sie nichts mehr an seinem Entschluss ändern konnte.

5

Noah fuhr mit seinem Fahrrad die alte Bundesstraße 8 entlang. Es war kurz nach neun Uhr abends. Als rechtschaffener Mensch trieb man sich um diese Zeit nicht auf der Straße herum, erst recht nicht im Duisburger Norden. Aber es war spät geworden. Noah hatte mit seinen Kollegen die Anwesenheitslisten neu zusammenstellen und für die Techniker die Kalibrierung der Anlage beauftragen müssen, weil seine Rückführung um eine Woche verschoben werden musste. Es hatte zu wenig Wind gegeben und daher waren die Energiedepots nicht ausreichend gefüllt. Vor den Häusern saßen Einwandererfamilien aus arabischen Ländern, dazwischen auch Cliquen von Italienern, Spaniern und Griechen, die in den letzten fünfzehn Jahren hierher geflohen waren. Wie mochte dieser Stadtteil in den 1970ern ausgesehen haben? Was für Leute hatten damals hier gelebt? Er müsste Marxloh unbedingt mal durchqueren und schauen, wer in den Häusern damals gelebt hatte. Noah radelte in Gedanken vor sich hin, als er aus der Ferne eine Schlägerei auf der Straße sah. Er fuhr langsamer und beobachtete die Lage. Sofort war die Erinnerung an den Überfall von vor fünf Jahren da und mit ihr die lauernde

Vorsicht, die ihn seitdem in solchen Situationen immer überkam.

„Hey, du. Bleib stehen, was hast du da auf deinem Gepäckträger?", hatte ihm der Mann entgegengeschrien und sich ihm auf der Fahrbahn in den Weg gestellt. Noah war im StaLe gewesen und hatte einige teure Lebensmittel gekauft. Rotkohl, Äpfel und Kartoffeln. Sogar einige Nüsse. Es war kurz vor Weihnachten. Und obwohl kaum jemand noch die Festtage beging, nutzten Alina, Jan, Sofia und er immer die Gelegenheit, etwas aus dem Alltag herauszukommen und abends so gemütlich wie es eben ging beisammenzusitzen. Dann teilten sie sich einen Apfel, knabberten eine Nuss, und wenn sie Glück hatten, tranken sie eine Flasche Wein, die sie auf dem Schwarzmarkt bekommen hatten und bei der es sich um ein halbes Jahrhundert alte Plünderungsware handelte. Manchmal edle Tropfen, aber manchmal auch zu Essig geworden.

„Bleib stehen", rief der Mann nochmals, und bevor Noah überlegen konnte, was er tun sollte, kam von der Seite ein zweiter Mann gelaufen und steckte ihm einen alten Besenstiel zwischen die Speichen des Hinterrades. Noah stürzte, und sofort waren die beiden Männer über ihm.

„Wenn ich sag, stehenbleiben, dann bleibst du stehen, du Hurensohn!"

Ohne eine Miene zu verziehen kam er auf ihn zu und schlug ihm mit seiner Faust ins Gesicht, und Noah spürte sofort den stechenden Schmerz in der Nase und schmeckte das Blut im Mund.

Der andere Mann bemächtigte sich Noahs Tasche, währenddessen ihm der erste Mann in die Magengrube trat. Noah krümmte sich vor Schmerzen. Er musste sich zusammenreißen, sonst hätte er sich eingenässt, so sehr krampfte sich sein Unterleib zusammen. Hoffentlich würden die beiden ihn mit dem Leben davonkommen lassen. Noah zitterte vor Angst. Der Mann beugte sich nochmals zu ihm herunter und packte ihn am Kragen. Seine Hände waren rot und rissig. Noah roch den sauren Atem des Mannes, so nah kam er ihm.

„Wieso denn nicht gleich so, du Schwein? Musst auch hören, was ich sage und nicht einfach weiterfahren, du Missgeburt, verstanden?"

Dann schlug er ihm noch zweimal ins Gesicht und stieß ihn zurück auf den Boden.

Die beiden Männer zogen in aller Seelenruhe mit seiner Tasche ab.

Noah rappelte sich auf. Setzte sich auf den Fahrweg und wischte sich mit dem Handrücken das Blut aus dem

Gesicht. Sein Kiefer tat höllisch weh. Hoffentlich war nichts gebrochen. Er tastete sein Gesicht ab. Es schien alles soweit gut zu sein, nur ein paar Platzwunden und Hautabschürfungen von dem Sturz. Aufstehen konnte er noch nicht. Der Tritt in die Magengrube hatte gesessen und Noah musste erst einmal richtig durchatmen, bis er die nötige Kraft hatte, seinen Weg fortzusetzen. Alina würde das wieder hinbekommen. Das schlimmste war, daß er das schöne Essen losgeworden war. Nun würde es zu Weihnachten dasselbe gegeben, wie das gesamte Jahr über: Hirse und Linsen.

Noah war nicht besonders scharf darauf, daß sich eine solche Szene wiederholte. Er bog in die nächste Seitenstraße rechts ab, um einen kleinen Umweg zu fahren. Dort wehten ihm Musikfetzen entgegen. Als würde auf der Straße musiziert.

„Heee, alter Mann, was machst du hier", rief jemand vom Gehsteig ihm zu. Er saß in einer Gruppe von acht oder zehn anderen – alle um die dreißig – um ein Feuer, das sie am Boden entfacht hatten, so wie früher bei den Pfadfindern. Sie grillten einen kleinen Hund oder vielleicht war es auch ein anderes kleines Tier.

„Auf dem Weg nach Hause."

„Halt doch mal an, wir tun schon nichts."

Noah überlegte. Diese Männer machten keinen unfreundlichen Eindruck. Sie lachten und schienen keinen Ärger machen zu wollen. Drei von ihnen spielten Instrumente: Eine Gitarre, ein Akkordeon und ein Tárogató, das so seufzend klang, daß es die Welt anzuklagen schien. Noah erkannte daran, daß es sich um Einwanderer aus Südosteuropa handelte, die hier ihre tužne pjesme spielten, einen Mischmasch aus Folklore und Blues, das einen melancholischen Charakter hatte. Noah hielt mit gemischtem Gefühl an und stieg ab. Wer wußte schon, was die bessere Entscheidung war? Wäre er weitergefahren, hätten sie ihn vielleicht verfolgt – und dann? Aber ihm kam auch das Sprichwort seiner Großmutter in den Sinn: *„Wo Musik ist, da lass dich nieder – böse Menschen haben keine Lieder."* Er entschied sich, das Risiko einzugehen.

„Setz dich, kannst ein Stück Fleisch haben. Orin hat einen Waschbär gefangen. Ist lecker."
Noah setzte sich zu den Männern. Der, der ihn angesprochen hatte, schnitt ein Stück vom Waschbären ab und reichte es ihm. Es war wirklich lecker. Gut gegrillt und die Haut kross und würzig.

„Siehst du, wir sitzen hier jeden Tag und selten biegt jemand in die Straße ein."

„Da vorn war eine Schlägerei, da wollte ich nicht lang", sagte Noah.

„Würde ich auch nicht wollen. Die Hauptstraße ist gefährlich."

Noah aß weiter. Er hatte den ganzen Tag nicht viel gegessen, und der Waschbär war ein echtes Festmahl. Er lauschte der Musik und fühlte, wie sich Entspannung in ihm ausbreitete. Fast wie unter Freunden.

„Schmeckt wirklich gut. Vielen Dank."

„Wir Kroaten sind Meister im Grillen. Immer gewesen."

Der Mann lachte. „Ich bin Miran, das ist mein Bruder Stipe und das hier Orin, der hat den Waschbär gefangen."

„Noah." Er reichte Miran die Hand.

„Und wo musst du hin?", fragte Miran.

„Nur noch ein Stück runter zum Pollmann-Kreuz."

Miran reichte ihm eine Flasche Hirseschnaps und Noah überlegte, ob er einen Schluck nehmen sollte. Oft wurde der schwarz gebrannt, und wenn er zuviel Methanol enthielt, erblindete man. Aber er wollte auch nicht unfreundlich sein bei soviel Gastfreundschaft und es machte auch nicht den Anschein, als ob Miran, Stipe und Orin hier zum ersten Mal mit Waschbär und Hirseschnaps saßen, und so nahm er einen kräftigen Schluck. Der Schnaps war stark und brannte in der Speiseröhre. Das tat gut.

„Der ist kräftig."

„Das muss so", antwortete Stipe, und Miran und Orin lachten.

Noah blieb noch eine Weile sitzen, nahm noch einige Schluck Hirseschnaps aus der ettikettlosen, blinden Flasche, lauschte dem tužne pjesme, und als er müde wurde und ihm der Schnaps in den Kopf stieg, verabschiedete er sich und fuhr heim. Er hatte gute Laune wie schon lange nicht mehr. Es gab sie doch noch: Menschlichkeit. Und dafür lohnte es sich, seinen Dienst zu verrichten. Und das Risiko einzugehen. Noah bemerkte ein Lächeln auf seinem Gesicht.

6

Noah hatte versucht, es ihr zu erklären.

„Der GBC ist ein riesiger hohler Zylinder aus schwarzem, ultraleichtem und hitzeresistentem Stahl, der um seine eigene Achse rotiert".

„Und wieso kann einem so ein Ding in die Vergangenheit schicken?"
Alina verstand es nicht.

„Wegen der Winkellichtgeschwindigkeit. Er wird mit Hilfe eines Plasma-Antriebs auf Lichtgeschwindigkeit gebracht."

„Und was soll das sein, ein Plasmaantrieb?"
Alina misstraute der ganzen Sache. Das war doch Science-Fiction-Mist. In Wahrheit wäre es einfach Selbstmord.

„Der Plasma-Antrieb funktioniert mit schwerem Wasser und Helium-3, das man bei den letzten Mond-expeditionen abgebaut hat. Damals noch mit der Idee, es für ein Raumschiff zu nutzen, um die Erde zu verlassen und auf einen interstellaren Planeten überzusiedeln."

„Und wieso hat man das nicht gemacht?"
Alina umarmte Noah. Hielt ihn fest. Am liebsten hätte sie einfach gesagt: geh nicht, bleib! Wieso musste er sie verlassen, um an diesem blödsinnigen Programm teilzunehmen?

„Weil es total lächerlich war." Noah löste sich aus ihrer Umarmung.

„Aber wieso denn?"

„Weil die Reise zu dem nächsten erdähnlichen Planeten ein halbes Jahrhundert gedauert hätte."

„Na und?"

„Erdähnlich, Alina, erdähnlich. Also rein von der Spektralanalyse der Atmosphäre. Keiner hätte gewusst, wie es dort wirklich aussieht. Und die Kommunikation zur Erde und zurück würde alleine Jahrzehnte dauern. Völlig utopisch."

Noah hatte noch allerlei von kaltem Fusions-Antrieb, magneto-plasmadynamischen Triebwerken und Radio-Frequenz-Ionen erzählt, aber bei Alina war lediglich angekommen, daß sie das seltene Gas nutzten, um eine solche Beschleunigung bei der Rotation zu erzeugen. Aber noch viel weniger hatte Alina kapiert, wie das Implantieren der Persönlichkeit in einen klinisch toten Körper funktionierte. Metaphysisch war es so, als würde man den feinstofflichen Körper aus dem sich mit Lichtgeschwindigkeit rotierenden Körper herausschleudern und in den grade im Sterben befindlichen Körper hineinpusten. Technisch war es mehr so, als würde man den Hauptspeicher- und Festplatteninhalt des Quellkörpers in den des Zielkörpers schreiben.

Alina fand die Vorstellung faszinierend und unheimlich zugleich. In ihrer Kindheit hatte sie alte Horrorfilme verschlungen. Aber das hier war viel schräger als *Frankenstein* oder *Die Nacht der lebenden Toten*. Sie konnte sich beim besten Willen nicht vorstellen, warum ihr Bruder sich einem solchen Wagnis aussetzen wollte. Auch wenn das Leben im Hier und Jetzt beschwerlich und kaum lebenswert war, so hing sie doch daran. Sie wusste, was sie kannte, was sie hatte, was sie erwarten würde, wie sie über die Runden kam. Wie konnte Noah es vorziehen, dieses Risiko einzugehen? Eins zu eins hatten sie gesagt. Eins zu eins. Für sie war es sicher: Noah würde die Zeitreise nicht überleben. Er würde durch die Geschwindigkeit zu Matsch und Mus werden. Niemand hatte die Technik testen können. Wie auch, denn sie konnten nicht in die Vergangenheit schauen. Einen Hund hatten sie in die Vergangenheit zu schicken versucht. Und einen Knubbel Gehacktes hatten sie aus dem Zylinder geholt. Sie hatten es aufgeteilt und zum Essen mit nach Hause nehmen dürfen. Eine Kelle Rottweiler-Pudding. Alina hatte ihn mit Linsen und Pastinake als Ragout zubereitet. Eins zu eins. Was wenn ihr Bruder Glück haben würde? Dann würde er im Körper eines Fremden aufwachen. Eines Menschen, der ihm so fremd war wie die Zeit, in der er ankam. Beinahe hundert

Jahre früher. Raus aus den Sechzigern dieses Jahrhunderts, ab in die Siebziger des vorigen. Was würde er dort tun? Als Doktor Helmut Bender leben. In einer Zeit vor dem Blackout, vor der Klimakatastrophe, vor dem Absaufen Hollands, vor dem Massensterben, vor den Völkerwanderungen durch nuklearverseuchte Gebiete. Und was, wenn der Zylinder ihn in einer falschen Zeit aussetzen würde, in einen anderen Körper? Als Soldaten an der Front? Im dreißigjährigen Krieg? Als Sklaven in den Südstaaten Amerikas? Oder mitten in irgendwelchen Bürgerkriegen in einer alten afrikanischen Kolonie? Sie wagte nicht weiterzudenken. Die Gedanken an solche Szenarien flößten ihr Angst ein. Und sie wusste nicht, wie sie es aushalten können würde, nicht zu wissen, was aus Noah werden würde. Am besten erschien es ihr da noch, davon auszugehen, er wäre einfach tot. Aber woher sollte sie diese Gewissheit nehmen? Nie würde sie wirklich wissen, was ihm widerfahren würde.

Aber Noah war Wissenschaftler und Wissenschaftler waren merkwürdig; Wissenschaftler waren besessen. Wissenschaftler hatten sich mit Krankheiten infiziert, um die Wirksamkeit ihres Antiserums zu beweisen, hatten sich in wahnwitzige Geräte begeben, um damit über den Ozean zu reisen, hatten Expeditionen unternommen, um zu belegen, daß die Erde rund war. Und Wissenschaftler waren dafür umgekommen, hingerichtet, verfolgt oder zumindest verhöhnt worden. Was würde mit Noah geschehen?

Und selbst wenn er es schaffen würde: Ein Leben ohne Noah, der immer dagewesen war. Was würde dann aus ihr werden? Bald würde Jan nicht mehr da sein. Sein Zustand verschlimmerte sich zusehends. Sein Tod war nah und absehbar. Und dann? Dann wäre sie ganz auf sich allein gestellt. Was würde sie dann noch hier halten? Alina schloss die Augen und atmete tief durch.

7

„Du willst es wirklich tun, Sofia?", hatte Noah gefragt.

Das war vor eineinhalb Jahren gewesen. Er hatte den Tag immer noch vor Augen, als sei es gestern gewesen. Und am Tag danach hatte er den Entschluss gefasst, am Rückführungsprogramm teilzunehmen.

„Was bleibt denn? Ich kann kaum noch atmen, meine Lunge ist hinüber", hatte sie geantwortet.

Nach einer schweren Grippe hatte Sofia eine Lungenentzündung bekommen. Es gab keine Heilung. Es war schlimmer und schlimmer geworden. Alina hatte immer wieder Sofias Lungenvolumen gemessen, und es nahm von Tag zu Tag ab.

„Und möchtest du, daß wir irgendwohin gehen?", hatte Noah gefragt.

„Wohin sollen wir denn gehen?"

„Auf die Linsenfelder? An den Stadtrand?"

„Ich bin so schwach."

„Wir könnten den Handkarren nehmen und ich könnte dich dorthin ziehen", schlug Noah vor.

„Ach, nein. Lass uns einfach hier daheimbleiben", antwor-tete Sofia.

„Na gut, dann bleiben wir eben hier."

Als sie Anfang der dreißiger Jahre geheiratet hatten, als es ab und an noch regnete, die Sommer noch knapp unter vierzig Grad lagen, hatten sie sich ausgemalt, wie alles bestimmt wieder besser werden würde.

„Versprich, daß du mich nicht zur Entsorgung bringst", bat Sofia.

Noah nickte und schloss für einen Moment die Augen. „Auf keinen Fall. Ich werde dich beerdigen, das verspreche ich dir", sagte er und strich ihr über die Wange. Noah wollte einen Ort zum Trauern haben, einen Ort an dem er abschließen konnte. Er wollte so wenig wie Sofia, daß sie von den Entsorgungsbetrieben zum Alsumer Müllberg zur Kremierung gebracht wurde. Seit der Grippewelle Mitte der vierziger Jahre, in der es über zehn Millionen Menschen dahingerafft hatte, wurden dort alle Leichen anonym verbrannt.

Sofia rannen Tränen übers Gesicht und Noah beugte sich zu ihr hinunter. Er nahm sie in den Arm.

„Keine Sorge, ich lasse dich nicht entsorgen."

„Und was sagst du, wenn sie fragen?"

„Keiner wird fragen."

Alina hatte ihm Medikamente gegeben. Drei Sorten, die einen schnellen und qualfreien Tod herbeiführten. Sofia würde sanft entschlafen, hatte sie versichert, und Noah glaubte ihr.

„Dann sag mir, wenn du bereit bist."

„Lass uns noch eine Mahlzeit zusammen nehmen", sagte Sofia.

Noah ging an den Herd, kochte Wasser für die Linsen auf und holte das Hirsebrot aus dem Schrank. Er nahm etwas Trockenfleisch, das er beiseitegelegt hatte und weichte es auf, um es dann anzubraten. Sogar etwas Salz zum Würzen hatte er besorgt. Das ganze verfeinerte er mit Giersch und Franzosenkraut, die er an den Feldrändern aufgelesen hatte und wie Brennnessel und Spitzwegerich zum Würzen nutzte. Noahs Hände zitterten. Er hatte Angst vor dem, was jetzt kam.

Als das Essen fertig zubereitet war, teilte er es auf zwei Teller, nahm sie und setzte sich zu Sofia ans Bett.

„Hmm, das riecht lecker", sagte Sofia. Sie nahm einen Atemzug und hustete. Noah half ihr mit sanftem Klopfen auf dem Rücken.

Dann saßen sie schweigend da und aßen das gebratene Trockenfleisch mit Linsen und Hirsebrot. Als sie fertig waren, lehn-te sich Sofia auf ihr Kissen zurück. Noah schaute sie an.

Noah kämpfte mit den Tränen. Sie lächelte ihn an. Warum hatte er den Eindruck, trauriger und verzweifelter zu sein, als Sofia es war?

„Noah, das war ein wirklich leckeres Essen. Ich danke dir. Für alles. Für den Weg, den du mit mir gegangen bist."

Noah wusste nicht, was er erwidern sollte. Er nahm ihre Hand und drückte sie ganz fest.

„Nun, dann wollen wir nicht länger warten. Lass es uns vollbringen", sagte Sofia und sah sehr entschlossen aus.

Noah nahm die kleine Pappschachtel aus der Küchenschublade und kramte die Tabletten heraus.

„Hier diese Blauen sollst du zuerst nehmen, hat Alina gesagt. Wenn du dann langsam müde wirst, sollst du die kleinen weißen und die achteckigen hier nehmen. Aber zuerst drei oder vier von den Blauen."

„Drei oder vier?"

„Alina hat gesagt, daß so wie du abgenommen hast, drei reichen sollten, daß es bei vieren nur etwas schneller geht."

„Hmmm. Ich weiß nicht. Nachher sind drei zu wenig und dann wird es noch schmerzhaft. Lass mich lieber alle vier nehmen."

Noah gab ihr die vier Tabletten, und als Sofia sie im Mund hatte, reichte er ihr ein Glas Wasser. Sie spülte sie runter, als sei nichts dabei. Noah bewunderte Sofias Stärke.

„Komm her zu mir", sagte Sofia.

Noah legte sich zu ihr, nahm sie in den Arm. Sofia fühlte sich warm und weich an, so wie früher, als sie zusammen aneinander gekuschelt eingeschlafen waren.

„Weißt du, ich bin froh, daß es für mich so einfach ist, zu gehen. Nicht jeder hat es so leicht. Ich kann froh sein, daß Alina meine Schwägerin ist. Vielen bleibt nichts anderes, als bis zum Ende durchzuhalten. Und wie das dann wohl wäre? Ich will das gar nicht wissen."

„Ja, aber trotzdem ist es ein Elend. Wegen einer Lungenentzündung geht alles zu Ende."

„Ach, Noah. Schau dich um, andere sterben an Unterernährung, an Durchfall oder am Essen."

„Das ist wahr", sagte Noah und wischte sich die Tränen von der Wange.

„Die Zeit mit dir war wirklich schön. Es war eine gute Sache, daß wir damals geheiratet haben. Ich habe es nie bereut."

„Ich auch nicht. Du warst immer meine Sofia."

Sofia gab ihm einen Kuss. Sie sah so glücklich aus wie lange nicht mehr. Vielleicht war es wirklich eine Erlösung, gehen zu können. Noah konnte es sich nicht vorstellen, aber vielleicht wenn man unheilbar krank war, dann war es so. Bisher hatte er Glück gehabt, sich nicht angesteckt zu haben. Sein Immunsystem funktionierte überraschend gut. Trotz einseitiger Ernährung, schlechter hygienischer Bedingungen und lebenswidrigem Klima.

„Noah, ich werde langsam schläfrig. Machen wir weiter?"

„Meinst du? Wirklich?"

„Ja, sonst schlafe ich nur tief und fest und werde morgen wieder wach." Sie sah ihn eindringlich an. „Noah, ich mag nicht mehr wach werden."

„Gut." Noah nahm die weißen und die achteckigen Tabletten vom Tisch und reichte sie Sofia. Die nahm sie entgegen und spülte sie mit einem Schluck Wasser hinun-ter. Dann lehnte sie sich zurück.

Noah beobachtete, wie ihr die Augen langsam zufielen.

„Ich liebe dich", sagte er und hielt sie im Arm.

„I-di-au", antwortete Sofia kraftlos. Ihre Muskeln erschlafften bereits. Noah nahm ihre Hand. Er versuchte ihren Puls zu ertasten. Er konnte ihn kaum spüren.

Einige Minuten später war Sofia bereits in einem tiefen Schlaf, der Puls wurde schwächer und schwächer, die Atmung flacher, und kurz drauf konnte Noah kein Lebens-zeichen mehr wahrnehmen.

Er hielt sie immer noch im Arm. Nach zwei Stunden merkte er, wie sich ihre Gesichtsmuskeln und ihre Fingerglieder verhärteten. Er stand auf und legte sie so hin, wie man früher die Toten gebettet hatte, mit gefalteten Händen.

Dann nahm er sich die Flasche Hirsebrand aus dem Küchenschrank und goss sich ein großes Glas ein. Er trank und weinte. Dann zündete er eine Kerze an, setzte sich zu ihr und wachte bei ihr die ganze Nacht.

8

Alina nahm sich einen Schluck Hirseschnaps aus der Ein-Liter-Flasche. Gleich würde Noah kommen und sie würden zusammen den letzten Abend begehen. Über einen Patienten hatte sie ein halbes Pfund Hund besorgt, und es schien sehr frisch zu sein.

„Alina, es hat geklopft", rief Jan aus dem Wohnzimmer.

„Habe ich gehört", antwortete Alina und ging zur Tür. Sie merkte den Alkohol, sie hatte schnell getrunken. Und zu viel. Morgen wäre Noah fort. Für immer. Und das machte ihr zu schaffen. Noah, der immer dagewesen war. Solange wie sie denken konnte. Immer war er da gewesen. Was sollte bloß werden ohne ihn? Sie konnte es sich noch gar nicht vorstellen. Es fühlte sich an, als wolle man ihr ein Bein amputieren, das Herz rausreißen.

„Und, schon aufgeregt?", empfing sie Noah und umarmte ihn, als der im Türrahmen stand.

„Klar, was denkst du? Man wird nicht jeden Tag mit Lichtgeschwindigkeit rotiert." Noah lachte und Alina war zumindest etwas beruhigt, daß er seinen Entschluss trotz seiner Aufgeregtheit nicht zu bereuen schien.

Sie gingen in die Küche und Noah setzte sich an den Tisch. Er drehte eine Zigarette aus irgendeinem Unkraut, das bestialisch stank, und nahm einen Schluck Hirseschnaps, den sie ihm in ein Trinkglas eingeschenkt hatte. Jan kam in die Küche.

„N'Abend Noah. Und, wie geht's? Biste frohen Mutes?"

„Was soll schon groß passieren?"

„Na, ja..."

„Sicher, brauchst gar nicht weiter zu reden", sagte Noah und winkte ab.

„Schau mal hier", sagte Alina und hielt Noah das rohe Stück Hundefleisch hin. „Sieht das nicht toll aus? Sowas Gutes wirst du noch vermissen."

„Wenn es nicht funktioniert, nicht, und wenn es funktioniert, auch nicht", antwortete Noah.

„Man weiß nie", sagte Jan. „Vielleicht funktioniert es ja nur so halb und du kommst ganz woanders raus. Zur richtigen Zeit, aber in der Sahel-Zone, oder du kommst zwar hier raus, aber zur Kriegszeit."

„Ich glaube, selbst das ist nicht viel schlimmer." Noah spielte mit seinem Schnapsglas.

„Oder in der Zukunft, sagen wir in vierzig Jahren", sagte Alina.

„Gut, das kann natürlich noch miserabler werden", sagte Noah und nickte geschlagen.

„Aber sei es drum, wir wollen heute Abend nicht darüber philosophieren, was alles geschehen kann. Das haben wir oft genug getan. Dein Entschluss steht, ich muss ihn akzeptieren, auch wenn er mir nicht behagt. Ich hoffe nur, daß alles funktioniert, wie du es erhoffst", sagte Alina und griff nach ihrem Schnaps.

„Das tue ich auch", sagte Noah und erhob sein Glas. Auch Jan hatte sich mittlerweile einen Schnaps eingeschenkt und erhob sein Glas. Alina trat an den Tisch und sie stießen an.

„Auf die Rückkehr!"

„Auf die Rückkehr!"

Alina stand auf, ging zum Herd und briet das Fleisch an. Jan lachte. „Da wird ja der Hund in der Pfanne verrückt!" Dann fragte Alina: „Und wann war das noch genau, wann kommst Du an?"

„Das ist exakt der 18.07.1976 – der Todestag meiner Zielperson, Doktor Helmut Bender."

„Ich werde die Augen offenhalten nach alten Tageszeitungen und nach deinen Nachrichten suchen."

„Bei den Verkaufsanzeigen: *Laborgeräte von privat von Schoeps zu verkaufen an Chemiebegeisterten* oder aber bei den Kontaktanzeigen: *Habe dich im Bus 13 nach Ruhrort gesehen. Du bist am Friedhof ausgestiegen, warst blond und trugst einen schwarzen Mantel. Bitte melde dich unter 0203-433017 oder aber...*", sagte Noah.

„Ich weiß, das hast du mir schon zigmal gesagt, welche die Nachrichten für Erfolg und Misserfolg deiner Mission sind. Ich kenne alle Texte und Kombinationen", sagte Alina und schüttelte belustigt den Kopf. „Wer lässt sich so einen Mist einfallen?"

„Jeder Rückkehrer bekommt andere Sätze. Und die sollen eben unauffällig klingen."

„Hast du selbst schon mal eine Anzeige eines anderen Rückkehrers gesehen?", fragte Jan.

„Nein, ich kenne die Texte gar nicht. Das macht Abteilung
B-5. Aber ich habe die Namen der anderen Zielpersonen und werde versuchen, Kontakt zu denen aufzunehmen."

„Dann hättest du ja mal nach Todesanzeigen der anderen Zielpersonen schauen können. Dann wüsstest du, ob was aus den Rückführungen geworden ist oder nicht."

„Habe ich auch nicht", sagte Noah lapidar.
Alina überlegte, ob Noah vor der Wahrheit Angst hatte. Aber sie fragte ihn nicht, denn was nutzte das? Und es hatte auch keinen Zweck, ihm zu sagen, daß sie Angst um ihn hatte, daß sie ihn vermissen würde, daß... Die

Entscheidung stand, und heute würden sie den letzten gemeinsamen Abend begehen.

9

Am kommenden Morgen war Noah verkatert. Sie hatten
bis nachts zwei Uhr zusammengesessen und knapp zwei
Flaschen Hirseschnaps getrunken. Es waren Tränen ge-
flossen, und Alina hatte ihn gebeten, es sich nochmal alles
zu überlegen und bei ihnen zu bleiben. Am liebsten wäre
er liegengeblieben.
Bisher hatte er geglaubt, daß ihm nach dem Tod von Sofia
sein Leben egal gewesen sei. Aber nun merkte er, daß er
unruhig wurde, seine Nerven vibrierten und sich ein Kloß
in der Magengegend breit machte, wenn er daran dachte,
daß sein Leben in einigen Stunden enden könnte und er
es aufgrund der Sedierung nicht einmal mitbekäme.
Noah stand auf und wusch sich. Er aß ein paar Hirsekekse
und schlüpfte in seine Hose. Anschließend holte er eine
kleine Kiste und verließ damit die Wohnung. Er bewahrte
darin alte Photos und ein paar andere Erinnerungsstücke
auf. Vorm Haus packte er die Kiste auf seinen Gepäckträger, saß auf und radelte los. Er wollte die Kiste Alina
geben. Schließlich konnte er auf seiner Reise nichts mitnehmen.

„Und du bist dir wirklich sicher?", empfing Alina
ihn.

„Ja. Ich will das machen." Er streckte Alina die Schachtel entgegen. „Hier, das ist alles, was es wert ist, behalten zu werden."

„Die Quintessenz deines Lebens", sagte Alina, klopfte auf den Deckel der Schachtel und öffnete sie. Sie stöberte kurz in den Photos herum und nahm dann eines heraus, auf dem sie als kleine Kinder zusammen abgelichtet waren. Ihr Vater hatte das Bild geschossen. Alina betrachtete es, legte es wieder zurück, stellte die Schachtel ab und umarmte Noah.

„Noah, ich werde es nicht ertragen, daß du gehst."

„Ach Alina, wir haben doch drüber gesprochen. Du schaffst das. Du bist viel stärker als ich."

Noah brachte Alina vorsichtig auf Abstand, streichelte ihr die Wange und reichte Jan den Gehstock.

Dann machten sie sich gemeinsam auf den Weg.

Noah stieg auf sein Rad und sah zu, wie Jan in Alinas Anhänger Platz nahm. Noah musste aufpassen, daß er die beiden auf dem Weg zum Institut nicht abhängte. Die Fahrt würde eine halbe Stunde dauern, und mit einem Blick auf seine Uhr stellte er fest, daß sie pünktlich kommen würden.

Im Institut erwartete man Noah schon. Man gestattete Jan und Alina, Noah bis zum Zylinder zu begleiten. Es war die letzte Gelegenheit noch einige Worte zu wechseln, in einer Stunde wäre alles vorbei. Ein Arzt maß Noahs Blutdruck, überprüfte seinen Zucker und stellte sicher, daß er für die Rückführung gesundheitlich bereit war, denn was hätte es genutzt, wenn Noah dem Rückführungsprozess nicht hätte standhalten können? Der Arzt gab ihm eine Beruhigungsspritze.

„Die ist dafür, daß Sie nicht gleich, wenn Sie den Anzug anhaben, anfangen zu hyperventilieren", sagte er.

„Ich weiß, ich weiß", antwortete Noah.

„Gut, dann wissen Sie auch, daß das Sedativum dann später im Zylinder verabreicht wird."

„Sicher."

Als die medizinischen Untersuchungen abgeschlossen waren, reichte man Noah einen transparenten Latexanzug. Noah zog sich bis auf die Unterhose aus und ölte sich ein, damit er besser in den hautengen Anzug reinkam. Ihm wurde schlagartig warm. Bis auf einen Anschluss, der dazu da war eine Kanüle zu legen und einem Stutzen für die Sensoren war der Anzug komplett dicht. Das Kopfteil hatte er noch nicht übergezogen. Das würde er später im Zylinder machen.

„Dann kommen Sie mal mit", sagte einer der Angestellten, der einen Kittel trug, so wie es Wissenschaftler in alten Filmen taten. „Wir werden nun zum GBC gehen."

Noah folgte ihm, und auch Alina und Jan kamen hinterher. Alina stützte Jan. Im Tross folgten weitere Wissenschaftler und Ärzte in Kitteln. Der Gang verlief aus dem Gebäude heraus steil abwärts. Das Tageslicht fiel durch ein System von Lichtschächten in den Raum. Noah versuchte zu überschlagen, wie tief sie gerade sein mochten und rechnete mit ungefähr fünfzig Metern. Er vernahm ein dunkles, beinahe spürbares Brummen.

Noah hatte den Zylinder noch nie selbst gesehen. Bisher kannte er lediglich Filmausschnitte der Überwachungskameras, auf denen alles schwarz-weiß und unwirklich aussah. Nun stand er direkt davor. Ein riesiger, schwarzblauglänzender Metallzylinder, der einen Durchmesser von zwanzig Metern hatte und so weit ins Erdreich ragte, daß man das Ende nicht zu sehen vermochte. Ein Koloss. Nur eine Glasfront trennte sie von dem Zylinder. Sie gingen auf einer Wendeltreppe um ihn herum und noch tiefer ins Erdreich hinein. Noah konnte seinen Blick jetzt nicht mehr von dem Zylinder lassen. Er kam ihm sowohl bedrohlich, als auch magisch und majestätisch vor. Mächtig, verheißungsvoll und angsteinflößend zugleich. Er verströmte die Hoffnung auf eine bessere Welt und drohte gleichermaßen mit dem Tod.

„Nur falls es Sie interessiert, der Zylinder hat einen Durchmesser von 18,5 Metern und ist 158 Meter hoch. Sein oberes Ende befindet sich zwanzig Meter unter der Erdoberfläche und er wird mit 68 Photonenpumpen angetrieben. So erreicht er in etwa einer halben Stunde Lichtgeschwindigkeit. Das ist etwas schneller, als dasselbe Modell in Frankreich es schafft."

Der Mann im weißen Kittel drehte sich um und grinste.

„Und wie gehen wir gleich genau vor?", fragte Noah.

„Wenn wir den Eingang erreicht haben, werden sie an einen Rost aus einer Wolfram-Titanlegierung geschnallt, welcher sich dann später freischwebend im Zylinder befinden wird. Sie bekommen die Sedativa verabreicht. Dann ist für Sie die Sache quasi gelaufen. Sie werden nichts mehr merken, bis sie dann in der Zielperson erwachen – hoffentlich."

„Toi, toi, toi", sagte Noah.

Sie umrundeten den Zylinder dreimal, bis sie am Eingang angekommen waren, der aus einem kaum sichtbaren glatten Einlass bestand, welcher weder Griff noch Schloss hatte, ähnlich wie bei einem jener Jumbo-Jets, mit denen man früher in den Urlaub geflogen war, nur noch glatter und dichter.

Der Mann im weißen Kittel tippte einen Code auf einer kleinen Fernbedienung und der Eingang öffnete sich. Zugleich öffnete sich die Glasabtrennung, sodaß man über eine kleine Brücke in den Zylinder gelangen konnte.

„Sie können sich nun verabschieden", sagte er zu Noah.

Noah drehte sich um. Alina stand direkt hinter ihm. Er umarmte sie und drückte sie an sich. Sie erwiderte die Umarmung. Dann ließ er sie los und umarmte Jan, der ihm leicht auf den Rücken klopfte. Noah sah die Tränen in Alinas Augen und das schmerzte ihn. Am liebsten hätte er zusammen mit ihr die Reise in die Vergangenheit angetreten. Ob er wirklich die richtige Entscheidung getroffen hatte? Er spürte, wie sein Herz wummerte.

„Mach's gut, Noah! Viel Spaß in der Vergangenheit und treibe es nicht zu toll." Jan lachte und bekam wie immer, wenn er lachte, einen leichten Hustenanfall.

„Ich mach nichts, was du nicht auch tun würdest", sagte Noah. Dann stülpte er sich das Kopfteil des Latexanzuges über und das Latex klebte trotz des Einölens an seinen Haaren und er mühte sich bis es richtig saß. Trotz der Ventilöffnung am Mund fiel ihm das Atmen schwer. Er war froh, daß die Beruhigungsspritze schon zu wirken begonnen hatte.

Sie betraten den GBC. Auch Jan und Alina durften unter der Auflage, Stillschweigen darüber zu bewahren, mit hinein. Noah wurde an das Rohrgestell befestigt. Er lag wie auf einer Bahre, nur unbequemer. Dann kam ein Arzt und setzte den Tropf mit dem Sedativum. Der Beutel wurde mit einem Reißverschluss am Latexanzug befestigt. Nun war, bis auf die Ventilöffnung am Mund, alles dicht abgeschlossen.

„Sie können ihrem Bruder nun noch ein letztes Mal Lebewohl sagen", sagte der Wissenschaftler. Alina beugte sich zu ihm herunter und küsste den Latex auf seinem Gesicht.

„Mach's gut, Bruderherz."
Jan beugte sich ebenfalls runter und schlug ihm kollegial auf die Schulter. Dann sagte der Wissenschaftler:

„So, wir verlassen nun den GBC. Nun sind Sie auf sich allein gestellt. Viel Glück auf Ihrer Mission."
Alle machten kehrt und gingen. Hinter ihnen schloss sich die riesige Öffnung, und dann war es schwarz um Noah. Er nahm ein tiefes Grollen war. Das waren die Photonenantriebe, die gestartet wur-den. Trotz seiner aufkeimenden Unruhe wurde er müder und müder. Er dachte daran, wie nun Alina und Jan aus dem Bereich geführt und das Rückführungsexperiment auf einem Monitor beobachten würden. Wie man ihn später als

Klumpen Fleischmatsch mit zermalmten Knochen im Latexsack aus dem Zylinder holen und in den Brennofen werfen würde. Daran, daß Alina und Jan das nicht sehen würden – Gott sei Dank. Und er dachte an Sofia. Gäbe es sowas wie den Himmel, so würde er sie vielleicht wiedersehen, wenn das Experiment misslang. Das Grollen wurde lauter, langsam setzte sich etwas in Gang, wie bei einem startenden Flugzeug, das beschleunigte. Allerdings fuhr der Zylinder nicht und hob ab, sondern er drehte sich um seine eigene Achse. Noah spürte, wie seine Bahre sich bewegte. Er spürte einen Druck auf den Ohren und dann war es, als schwebe er. Kurz befürchtete er, daß das Sedativum zu schwach sei und er nun vielleicht erleben müsse, wie es ihn auseinanderriss und zerdrückte. Aber da verschwand bereits alles, was ihm an Wahrnehmung noch geblieben war.

9 ½

„Herr Doktor Bender?"

„Hallo?"

Noah blinzelte. Vor ihm tauchten Gesichter mehrerer junger Menschen auf.

„Herr Doktor Bender? Mensch, Sie leben ja noch!", rief einer der jungen Männer.

Noah erinnerte sich. Der Zylinder. Das Experiment. Die Zielperson. Dr. Helmut Bender. Die jungen Männer und Frauen mussten Studenten sein, es war der 18.07.1976, 12:56.

10

Es war Sonntag und Noah und Gisela spazierten an der Sechs-Seen-Platte. Sie machten das immer nachdem sie nach dem neuen Diätplan, den sein Arzt erstellt hatte, zu Mittag gegessen hatten. Fleischlos, fett- und kalorienarm. Gisela drückte Noahs Hand.

„Ich bin so froh, Helmut, daß du noch einmal davongekommen bist."

„Das kannst du laut sagen."

Wie lange hatte Noah schon keine Tomaten, keine Oliven und keinen Salat mehr gegessen? Er überlegte wieviel Gemüse er in den letzten Wochen verschlungen hatte.

„Versprich mir, daß du nie wieder mit dem Rauchen anfängst."

„Versprochen", sagte er.

Das Versprechen ging ihm leicht über die Lippen. Er hatte noch nie richtig geraucht. Allenfalls mal getrocknete Unkräuter vom alten Bahngelände.

„Nein, ehrlich", sagte Gisela. „Ich mein das ganz ernst. Du musst jetzt wirklich auf deine Gesundheit achtgeben, Helmut."

„Ehrlich", antwortete Noah. „Es ist mir ganz ernst damit. Ich werde achtgeben."

Noah blickte aufs Wasser. Früher, das jetzt in ferner Zukunft lag, war Noah mit Sofia, Alina und Jan ab und an mit den Rädern an die Sechs-Seen-Platte gefahren. Aber irgendwann hatten sich dort Zeltsiedlungen gebildet, weil es dort die letzten, trotzdem ungenießbaren Wasservorräte gab und die Ärmsten der Armen dort damit ihre Speisen kochten.

Im neuen Jetzt war die Sechs-Seen-Platte ein Naherholungsgebiet, an dem man sonntags spazieren ging, die Ruhe abseits der Straßen mit ihren stinkenden und lärmenden Karosserien genoss und Enten fütterte. So ungefähr, wie Noah es aus frühester Kindheit kannte.

Nun lebte er mit seiner neuen Frau Gisela in seinem neuen Haus im Duisburger Süden, ganz in der Nähe der Sechs-Seen-Platte.

Gisela drückte seine Hand.

„Ach Helmut, da hast Du echt nochmal ein solches Glück gehabt", sagte sie und blieb stehen. Noah blieb auch stehen und Gisela umarmte ihn und gab ihm einen Kuss. Dann gingen sie weiter. Noah sah Gisela von der Seite an und dachte, daß der arme Helmut dieses Mal schon kein Glück gehabt hatte. Aber das musste er natürlich für sich behalten. Seltsam, wie sie da so neben ihm lief. Sie war ihm komplett fremd, und Noah mochte nicht daran denken, wie es wäre, wenn sie sich nach seiner

Rekonvaleszenz körperlich nahekämen. Nicht, daß er Gisela hässlich fand. Sie war eine ausgesprochen hübsche Mittvierzigerin mit brünettem Haar, vollen Lippen, wachen, blauen Augen und einem schlanken, beinahe athletischen Körper. Aber eben fremd. Schon den Kuss nach dem Aufstehen und vor dem Zubettgehen empfand Noah als unpassend. Am liebsten hätte er in einem separaten Zimmer geschlafen. Und vielleicht hätte er sogar gern mit sich selbst nicht in einem Zimmer geschlafen, denn auch sein eigener, neuer Körper war ihm nicht vetraut. Er funktionierte wie er es gewohnt war und sein Körpergefühl unterschied sich nicht von dem, wie es früher war. Aber wenn Noah sich im Spiegel sah oder er sich beim Einkaufen in einem Schaufenster betrachtete, war er sich komplett fremd und erkannte sich kaum. Als würde sein Körper nicht zu ihm gehören. Er fragte sich, ob er sich je daran gewöhnen würde. Ob Gisela das nicht bemerkte? Manchmal machte sie ohnehin einen misstrauischen Eindruck und Noah befürchtete, sie wäre in der Lage, sein Geheimnis aufzudecken.

Als sie zum ersten Mal gemeinsam einkaufen gewesen waren. In einem riesigen Supermarkt, so wie Noah ihn zuletzt als Jugendlicher gesehen hatte, da wäre es beinahe zur Katastrophe gekommen. Der Supermarkt lag in der Nähe einer Hochhaussiedlung.

„Und, ist das immer noch so schwer für dich, wenn du hier all die Hochhäuser siehst?"

„Nein."

„Das ist schön. Früher sind dir hier immer die Erinnerungen hochgekommen, weißt du noch?"

„Erinnerungen?", fragte Noah vorsichtig.

„Weißt du nicht mehr?"

„Ach, das", sagte Noah schnell.

„Da vorn habt ihr gewohnt."

„In dem Hochhaus da?", fragte Noah.

„Du bist ja lustig", sagte Gisela und Noah schwieg. Dann sagte Gisela: „Das war jetzt nicht dein Ernst, oder? Sag mal, du erinnerst dich doch, oder?"

Noah antwortete einfach nicht.

Schließlich fragte sie: „Erinnerst du dich wirklich nicht mehr?"

„Woran denn genau?"

„Daß du mit deinen Eltern in der Zechensiedlung hier gewohnt hast."

„Ach, doch, ja klar."

Noah wusste, daß er aus einer Bergarbeiterfamilie kam und in einer Zechensiedlung gewohnt hatte, aber er hatte nicht geahnt, daß das hier gewesen war.

„Na, also. Dann tu doch nicht so doof. Mensch Helmut, du machst mir Angst."

„Entschuldige, ich bin manchmal noch durcheinander. Das muss an dem Herzstillstand liegen. Vielleicht ist da was passiert in meinem Kopf. Ich weiß nicht, vielleicht ist … manches scheint weg zu sein."

„Schon gut. Aber bitte erzähl das beim nächsten Mal dem Arzt, wenn du in der Klinik zur Nachsorgeuntersuchung bist. Dann können die dich mal untersuchen."

„Was sollen die denn da untersuchen? Die haben da nicht einmal…" Fast wäre ihm „ein MRT" rausgerutscht. Er konnte sich grade noch beherrschen.

„Trotzdem", sagte Gisela.

„Ja, gut, mach ich."

Im Supermarkt war es zu weiteren kleinen Missverständnissen gekommen. Während Gisela einkaufen wollte, wie sie immer mit Helmut einzukaufen pflegte, wollte Noah gerne alle Gänge in Ruhe durchwandern. Zu lange hatte er kein solches Angebot mehr gesehen.

„Hier, die Chips, die hast du doch immer so gern zum Tatort. Wieso nimmst du die nicht?"

Noah wusste weder, daß er gerne Tatort sah, noch, daß er gerne Chips aß.

„Darf ich doch nicht mehr, Gisela, darf ich doch nicht mehr."

„Ach, ja."

Und später in der Gemüseabteilung: „Lass uns eine Packung Stangensellerie mitnehmen", sagte Noah.

„Das hast du ja noch nie gegessen."

„Aber wo ich doch keine Chips mehr essen darf. Irgendwas brauch ich schon zum Knabbern beim Tatort."

„Ja, gut."

So war es die ganze Zeit gegangen. Und so sehr ihm der Supermarkt gefiel und ihn mit seinem reichhaltigen Angebot faszinierte, so froh war Noah, als er wieder zu Hause in Duisburg-Wedau war und auf der Couch saß. Mit einer Stange Sellerie in der Hand.

11

Nachdem Alina in den ersten Wochen, nachdem Noah nicht mehr da war, viel geweint hatte, hatte sie das IRZK aufgesucht und saß Herrn Adelmann gegenüber.

"Gute Frau, wie sollen wir das herausfinden? Wir haben ja kein Teleskop, um in die Vergangenheit zu schauen", sagte Herr Adelmann.

Alina konnte sich nicht vorstellen, daß Noah nun im Jahr 1976 lebte und versuchte, der Menschheit zu erklären, daß der CO_2-Ausstoß verringert werden musste, daß der Fleischkonsum die Wälder vernichtete, daß die Antibiotika im Tierfutter eine medizinische Katastrophe erzeugten.

"Ja, aber gibt es nicht irgendwas anderes, außer den Zeitungsannoncen?"

"Nein, nur das", sagte Herr Adelmann.

"Und wie ist das mit den anderen?"

"Mit welchen anderen?"

"Tun sie nicht so. Mit den anderen Zurückgeführten."

"Wie soll das sein?"

"Gab es da schon irgendwelche Zeitungsannoncen?"

„Da bin ich gar nicht befugt, das zu sagen und außerdem haben wir von den relevanten Zeitungen nicht alle Exemplare in unserem Archiv. Viele Ausgaben wurden vernichtet. Unsere Teilnehmer können ja unmöglich alle exakten Ausgaben aller Zeitungen auswendig lernen, um Anzeigen exakt dann und dort zu schalten. Und man kann ja auch keine Liste einfach so mit in die Vergangenheit nehmen. Das ist alles nicht so trivial, wissen Sie?"

Alina nickte stumm. Aber trotzdem: Irgendwas musste doch herauszufinden sein.

„Und woher bekommen Sie denn die alten Zeitungen? Gibt es denn keine Archive?"

„Es gibt viele ältere Menschen, die in unserem Auftrag sammeln und dann für ihre Mühen entschädigt werden. Viele Alte sind darauf angewiesen. Das sind ausgesuchte Bürger."

„Ach so." Alina nickte nochmals und überlegte. „Aber was ist denn mit den Rückführungsprogrammen in England und Frankreich?"

„Wissen sie, auch da bin ich nicht auskunftsbefugt. Ich kann nur soviel sagen, daß wir von unseren Partnerinstituten oft gar nicht informiert werden. Die Zurückgeführten haben ohnehin viel zu lernen: Lebensläufe, Listen von Namen, Adressen und Eigenheiten von Menschen ihres neuen Lebens. Namen von möglichen

Kontaktpersonen. In den Siebzigern war die Kontaktaufnahme im Ausland nicht so einfach, wie noch zu unserer Jugend. Da müssen wir irgendwo streichen und einfach hoffen, daß die Kontaktpersonen im Inland ausreichen.

Herr Adelmann sah sie mit großen Augen an und zuckte mit den Schultern.

„So ist das also."

„Ja, so ist das."

Alina biss sich auf die Unterlippe. Sie hatte Mühe, ihre Resignation nicht laut herauszuschreien. Es gab also keine Zeitungsannoncen. Und keine Erfolgsmeldungen aus dem Ausland. Hätte es die gegeben, hätte Adelmann es doch gesagt. Welcher Wissenschaftler verschwieg denn seine Erfolge? Das Experiment war fehlgeschlagen und Noah war tot.

Alina stand auf. „Ja, dann werde ich mal wieder gehen. Wiedersehen Herr Adelmann."

Alina rückte den Stuhl geräuschvoll beiseite. Am liebsten hätte sie ihn genommen und durchs Fenster geworfen, so enttäuscht war sie von dem Gespräch.

„Wiedersehen."

An dem Abend saß Alina zu Hause und weinte. Um ihren toten Bruder, um ihr Leben, das ärmer geworden war. Und darum, daß ihr Mann nicht mehr lange leben würde.

„Alina, komm her", sagte Jan und winkte sie zum Bett.

Sie stand auf, setzte sich auf die Bettkannte. „Ach, Jan."

Er nahm ihre Hand. „Weißt du, selbst wenn Noah tot ist. Er wusste, worauf er sich einlässt. Er kannte die Risiken."

„Ja, aber er hat bestimmt geglaubt, daß einige Experimente bereits erfolgreich durchgeführt wurden, meinst du nicht?"

Alina wischte sich die Tränen aus dem Gesicht und schluchzte. Plötzlich erschien ihr die ganze Forschung, die Noah betrieben hatte, so unnütz, so rückwärtsgerichtet. Warum forschte man nicht, um die Situation hier und jetzt zu verbessern, statt eine solch absurde Idee wie Zeitreisen zu verfolgen.

„Ich weiß nicht, ob Noah es geglaubt hat oder glauben wollte, aber er ist seinen Weg gegangen. Dafür verdient er Respekt. Und ich glaube, er wäre ihn nicht gegangen, wenn er nicht ein wenig daran geglaubt hätte."

Alina seufzte nochmal. Ja, sie sollte besser stolz auf ihren Bruder sein. Und vielleicht sollte sie einfach selbst nach alten Tageszeitungen Ausschau halten.

An einem Abend, als sie von ihrer Praxis mit dem Rad nach Hause fuhr, sah sie schon von weitem eine Menschentraube auf der Straße. Alina näherte sich langsam. Ansammlungen von Menschen bedeuteten oft Probleme. Es gab Überfälle, es gab Lynchjustiz. Sie fuhr langsam heran und erkannte, daß eine Wohnung geplündert wurde. Menschen trugen Kisten aus der Haustür und reichten Gegenstände aus dem Fenster heraus, bevor die Einsatztruppe den Ort absperren würde. Alina stieg ab und schloss ihr Rad an eine alte Ampel, die funktionslos und schief an der Straßenecke stand. Sie bahnte sich einen Weg durch die Menge. Es war nicht so, dass sie keine Angst gehabt hätte, denn auf der Straße dachte jeder nur an sich. Es gab kein Miteinander, es hieß nur jeder für sich und alle gegen alle. Clans beherrschten die Straße. Alina wurde geschubst und angerempelt, aber sie wollte unbedingt auch in diese Wohnung.

Schließlich schaffte sie es in den Flur der Erdgeschosswohnung zu gelangen und sah sich um. Es herrschte ein Riesendurcheinander. Die Leute, die vor ihr hier gewesen waren, hatten wahrscheinlich alle Nahrungsmittel mitgenommen. Schränke waren ausgeräumt, Kleidung und Bücher lagen verstreut, Schubladen waren herausgerissen worden, Besteck und Geschirr bedeckten den Küchenboden. Einige Männer, vielleicht Nachbarn, standen an den geöffneten Fenstern und reichten Gegenstände raus an andere, die sie annahmen und in Säcken verstauten. Alina sah sich weiter in der Wohnung um. Dann entdeckte sie, wonach sie Ausschau gehalten hatte: Stapel alter Zeitungen.

Ihre Hände wurden feucht, ihr Herz begann zu rasen. Sie nahm die erste AWZ, die ganz oben lag. April 1983. Die auf dem Stapel daneben war vom Oktober 1979. Die Zeitungen waren chronologisch sortiert. Der ehemalige Mieter musste ein guter Archivar gewesen sein. Es fehlten etliche Exemplare, aber Alina fand den dritten Stapel am vielversprechendsten. Er begann mit März 1976, also vor Noahs Rückkehrdatum. Sie durchwühlte ihn, bis sie bei März 1977 angekommen war. Dann packte sie alles ab Juli 1976 zusammen – einen Stapel von einem halben Meter. Sie umklammerte ihn, als handle es sich um einen Sack voll Gold, und verließ die Wohnung.

„Was hast du da?", fragte ein Mann und stellte sich ihr in den Weg.

„Lass mich", antwortete Alina. „Sind nur alte Zeitungen."

„Und was ist da drin?"

„Nichts, ich will die lesen", sagte Alina. Sie wollte einfach nur raus, bevor irgendein Idiot die Zeitungen aus Spaß zerfetzte.

„Du liest alte Zeitungen. Habt ihr gehört, die blöde Kuh liest alte Zeitungen", rief der Mann einer Gruppe von Plünderern zu. Die Leute sahen sie an, als sei sie verrückt geworden und lachten sie aus.

„Na, dann hau mal ab mit deinen Scheißzeitungen und lass dich hier ja nicht mehr blicken."

Alina atmete tief durch und versuchte etwas ruhiger zu werden, als sie endlich ihr Fahrrad erreicht hatte. Sie schnallte die Zeitungen auf den Gepäckträger und fuhr so schnell es ging nach Hause. Jan schlief schon. Sie legte die Zeitungen auf den Küchentisch, nahm sich ein Stück Hirsefladen und fing an, die erste zu durchsuchen. Sie trug das Datum vom 13.08.1976. Sie schlug den Anzeigenteil auf und suchte nach einer Formulierung, die als Nachricht vereinbart war: *Laborgeräte von privat von Schoeps zu verkaufen an Chemiebegeisterten.* Oder: *Habe dich im Bus 13 nach Ruhrort gesehen. Du bist am Friedhof ausgestiegen, warst blond und trugst einen schwarzen Mantel. Bitte melde dich unter 0203-433017.*

September, Oktober, November 1976, dann die ersten Monate von 1977.

Nirgends etwas von Laborgeräten, kein Bus 13. Auch keine der anderen abgesprochenen Anzeigen. Alina stützte den Kopf auf die Hände, saß da und presste die Lippen zusammen. Sie hatte damit gerechnet, nichts zu finden. Es wäre ja auch zu schön gewesen. Natürlich konnte sie nichts finden. Wie auch. Dann gingen plötzlich alle Lampen aus und es war dunkel.

12

Noah unterrichtete seit einem Monat wieder an der Uni. Er dozierte zum Thema Festkörperphysik, und da Herr Doktor Bender seine Vorlesungsunterlagen und Studierendenverzeichnisse sehr ordentlich geführt hatte, konnte Noah sich problemlos einarbeiten. In den Vorlesungen gab es ohnehin wenig Kontakt zu den Studierenden, so daß es nicht auffiel, daß er kaum jemanden kannte oder erkannte. Im Dezernat hing eine Tafel aus, wo alle Professoren namentlich mit Passbild, Vertiefungsgebiet und Vita vorgestellt wurden. In den ersten Tagen hatte Noah die Tafel gründlich studiert, und so konnte er alle seine neuen Kollegen bald namentlich zuordnen und wusste, wer wofür verantwortlich war. Noah war erleichtert, daß ihm die Eingliederung in das neue Leben so leicht fiel. Und da er so viel zu tun hatte, vermisste er die Sechziger des 21. Jahrhunderts kaum. Manchmal dachte er an Alina und Jan und fragte sich, wie es ihnen wohl ging. Dann wünschte er sich, sie könnten auch hier sein. Das machte ihn traurig, aber Alina war eine starke und selbstbewusste Frau. Sie würde sich selbst und Jan gut durchbringen. Sie hatte es schließlich immer geschafft.

Noah wählte die 118. In den Stunden zwischen den Vorlesungen saß Noah allein in seinem Büro und versuchte, andere Zielpersonen, deren Namen und Wohnort er auswendig gelernt hatte, zu erreichen.

„Hier ist die Auskunft, wie kann ich ihnen helfen?", fragte die Frauenstimme am anderen Ende.

„Doktor Bender mein Name. Ich hätte gern die Telefonnummer von Doktor Jeremias Fischer, Hamburg."

„Einen Augenblick, bitte."

Noah hörte, wie die Frau am anderen Ende der Leitung das entsprechende Telefonbuch wälzte.

„Fischer, Jakob, Jakob, Jakob, …, Jochen, Jürgen. Jeremias sagten sie?"

„Ja. Jeremias."

„Einen Jeremias kann ich nicht finden. Es gibt einige Einträge mit J ohne Nennung des Namens. Haben Sie eine Adresse?"

„Möglicherweise ist das die Bahnstraße 37. Ich bin mir da nicht sicher."

„J, Ackerstraße, J, Ahrensstraße, J, Badstraße, J, Bahnstraße, ja, da haben wir ihn. Hören sie, ich sage Ihnen die Nummer jetzt an: 040 für Hamburg und dann die 859463."

Noah notierte sich die Telefonnummer.

„Vielen Dank. Einen schönen Tag."

„Ihnen auch."

Noah drückte die Gabel des Fernsprechers und wählte die genannte Nummer. Niemand ging an den Apparat.

In der nächsten freien Stunde am frühen Nachmittag versuchte er es abermals.

„Fischer", meldete sich eine helle Frauenstimme.

„Guten Tag, Frau Fischer", sagte Noah. „Hier spricht Doktor Bender von der Universität Duisburg. Kann ich bitte Ihren Mann sprechen."

„Meinen Mann?", fragte die Frauenstimme. „Wer sind Sie, sagten Sie?"

„Mein Name ist Doktor Helmut Bender von der Universität Duisburg. Ich rufe aus fachlichen Gründen an."

„Mein Mann ist letztes Jahr verstorben. Er hatte einen Schlaganfall."

„Oh, das tut mir schrecklich leid, Frau Fischer."

„Sie können ja nichts dazu", sagte die Frau. „Dann auf Wiederhören."

Sie hängte auf.

In den folgenden Wochen versuchte Noah noch neunzehn weitere Zielpersonen zu erreichen. Bis auf eine konnte er alle Telefonnummern herausfinden. Aber keiner der Anrufe führte zu einem Kontakt. Immer bekam er die gleiche Antwort: Die Zielperson war verstorben. Alle zu dem Zeitpunkt, der ihm aus der Zukunft bereits bekannt war. Hatte denn keine einzige Rückführung außer der seinen funktioniert? Was sollte er denn nun tun? Alleine war er doch so gut wie machtlos. Ohne seine Kollegen stand er chancenlos da. Allein in einer schönen und aufregenden, aber dennoch fremden Welt, in der er keinem sein Schicksal, seine Wahrheit anvertrauen konnte.

Am Ende blieb nur noch ein Name übrig. Ein gewisser Herr Doktor Rzempowski aus Köln. Noahs Nachfrage bei der Telefonauskunft war erfolglos geblieben. Auch der letzte bekannte Arbeitgeber konnte nicht viel sagen, außer daß Herr Doktor Rzempowski gekündigt hatte und er nicht wisse, wohin dieser gewechselt habe. Vielleicht nach Mannesmann, vielleicht sei er auch verzogen. Viel Erfolg versprach das nicht. Aber er konnte nicht so einfach aufgeben. Doktor Rzempowski zu finden war die letzte Chance, nicht allein in den Siebzigern gestrandet zu sein und die komplette Menschheit überzeugen zu müssen, ihre Lebensweise umzustellen. Zu zweit wäre es schon beinahe aussichtslos. Ein Forscherteam von knapp zwanzig Köpfen, Spezialisten der Festkörperphysik, der Thermodynamik, der Botanik und Mikrobiologie, der anorganischen Chemie und der Biochemie hätte zweifelsohne mehr Schlagkraft gehabt – insbesondere was die Pläne für Anschläge anging.

Noah sagte seiner Frau, daß es abends spät werden würde, weil er noch eine Fachkonferenz in der Universität hätte, und kaufte sich am Bahnhof eine Fahrkarte für den D-Zug nach Köln. Er hatte eine mögliche Adresse in Köln-Lindenthal, dort wollte er auf gut Glück vorbeigehen.

Im Zug roch es nach Zigarettenqualm, die Kunstledersitze waren blankgescheuert, der Boden war aus grauem Linoleum. Er zog das Fenster bis auf die Hälfte herunter und stützte seine Ellenbogen auf den Rahmen. Hatte er jemals ein Zugfenster öffnen können? Früher waren die Zugfenster aus Sicherheitsgründen nicht zu öffnen gewesen und es hatte nur Klimaanlagen gegeben, die andauernd defekt gewesen waren. Später gab es dann gar keine Züge mehr. Dieses muffige Abteil erschien Noah auf eine spezielle Art urgemütlich.

In Köln nahm er sich ein Taxi. Ein Mercedes Benz. Wahnsinn. Noah kam sich vor wie auf einer Sänfte getragen. Das Brummen des Diesels lullte ihn angenehm ein, und er begann zu verstehen, was den verschwenderischen und zerstörerischen Lebensstil der Siebziger so angenehm machte. Es gab alles im Überfluss, alles war leicht und verfügbar, und eben das war leider der Grund, wieso es später gar nichts mehr geben würde.

Noah stieg vor einem Vierfamilienhaus aus und las die Klingelschilder. Keller, Braun, Eberling und Renner. Kein Rzempowski. Verdammt. Noah klingelte bei Braun.

Der Öffner summte und Noah drückte die Tür auf.

„Wer ist da?", rief eine Stimme aus der ersten Etage.

„Entschuldigen Sie", sagte Noah und ging die Treppe schnell hinauf. Oben stand eine alte, grauhaarige, kleine Frau.

„Sie wünschen?", fragte sie.

„Ich suche Herrn Doktor Rzempowski."

„Die Rzempowskis. Die arme Frau."

„Wissen sie, wo ich sie finde?", fragte Noah.

„Die sind ausgezogen, schon vor sieben, ach, vielleicht sogar acht Monaten. Die arme Frau."

„Wieso?"

„So glücklich waren die. Hatten zwei kleine Kinder, ach, waren die nett und so höflich. Haben einem immer die Tür aufgehalten."

„Und?"

„Dann hatten sie vor rauszuziehen, irgendwo nach Frechen. War es Frechen? Auf jeden Fall war das eine schöne Wohnung, ein Einfamilienhaus mit Garten und so, wissen Sie. So wie man sowas nicht so oft findet."

„Ja?", sagte Noah und lächelte. Er wurde ungeduldig, aber wollte es sich nicht anmerken lassen.

„Und dann ist ihr Mann plötzlich gestorben, von einem Tag auf den andern tot. Irgendwas mit einer Arterie ist geplatzt und er war tot, einfach so. Können Sie sich das vorstellen?"

Noah konnte es sich vorstellen. Er wusste von dem Aneurysma. Also weilte Doktor Rzempowski auch nicht mehr unter den Lebenden.

„Und dann musste die arme Frau mit ihren Kindern umziehen. Zurück zu ihren Eltern, weil sie sich die Miete nicht mehr leisten konnte. Ist ja nicht billig hier."

Noah hörte nur noch mit halbem Ohr hin. Die Nachricht traf ihn nicht unerwartet aber trotzdem hart.

Er war der einzige in Deutschland.

Der einzige, bei dem die Rückführung nicht fehlgeschlagen war. Der einzige, bei dem das Experiment funktioniert hatte.

Namen und Adressen der französischen und englischen Zielpersonen waren ihm nicht bekannt. Wieso war man beim IRZK dieses Risiko eingegangen? Wieso hatte man ihm die Liste mit den Zielpersonen aus dem Ausland nicht übergeben? Nur weil man ihn nicht mit Informationen überlasten wollte? Vielleicht hätte er so nun wenigstens noch eine kleinste Chance gehabt, jemand anderen zu finden. Nun stand er also alleine da, alleine. Noah hätte in Tränen ausbrechen können.

Er war der einzige Zurückgeführte im Deutschland der Siebziger Jahre. Wie sollte er seinem Auftrag so nachkommen? Er konnte nur darauf hoffen, daß eine noch folgende Rückführung gelang und diese Person ihn dann kontaktieren würde.

Noah bedankte sich bei der Frau und verließ das Haus, nahm erneut ein Taxi und fuhr zum Bahnhof. Im D-Zug nach Duisburg grübelte er darüber nach, was er nun, so auf sich allein gestellt, noch ausrichten konnte. Er würde wohl die abgesprochene Anzeige für den Misserfolg aufgeben müssen.

13

Nach dem letzten Totalausfall der dezentralen Stromversorgung war es zu erheblichen Versorgungsproblemen gekommen. Die Sperrstunden waren stark ausgeweitet worden. Das Institut hatte bei der regionalen Verwaltung beantragt, dass ihm die nötigen Stromreserven verfügbar gemacht werden müssten – um jeden Preis. Dem Antrag wurde stattgegeben. Alina hatte keine Probleme damit, da sie ohnehin ihre Feuerstelle nutzte, aber Holz und Zunder wurden knapp und auch Kerzen gingen zur Neige.

Trotzdem beugte Aline sich im Kerzenschein tief über die vergilbten Zeitungen, atmete ihren muffigen Geruch ein und suchte Zeile für Zeile nach der erlösenden Nachricht.

Alina hatte mittlerweile ziemlich hohe Stapel der AWZ und des Duisburger Tagesblattes angesammelt. Sie hatte ihre Patienten gebeten, alte Zeitungen mitzubringen, wenn sie welche fanden und vor einigen Wochen war sie zufällig auf die Räumung der alten Bibliothek in Stadtmitte aufmerksam geworden und hatte sich dort ausgiebig bedient.

Ausgaben von Sommer 1976 bis Ende 1977. Zweihundert Zeitungen oder mehr. Es gab immer noch Lücken, die sie zu füllen versuchte. Aber es kam ihr zunehmend absurd vor: Wie sollte eine Anzeige nachträglich in eine alte Tageszeitung gelangen, die seit über achtzig Jahre irgendwo in der Ecke lag?

In kurzer Zeit war ihr Alltag noch schwieriger geworden. Mit Jans Gesundheit ging es immer weiter bergab. Er konnte kaum mehr die Wohnung verlassen, seine Lunge machte bei jedem Schritt Probleme. Alina ging nicht mehr oft zur Arbeit, mochte ihre Patienten nicht mehr empfangen.

Aber auch zu Hause war ihr alles zu viel. Ihre Linsen würgte sie nur noch hinunter. Sie würde keine Nachricht von Noah entdecken und Jan würde es nicht mehr bis zum Jahresende schaffen. Nichts würde besser, alles würde nur immer schlimmer werden.

Aber wenn sich die Forscher auf Zeitreisen einließen? Vielleicht funktionierte es ja doch? Alina beugte sich tiefer über ihre Zeitung und suchte weiter.

14

Noah kannte fast alle Gesichter und wusste mit seinem Audi 100 umzugehen. Manchmal versprach er sich, so wie neulich, als sie ein bekanntes Ehepaar – Bernd und Annemarie – besucht hatten und er Gisela mit Sofia angesprochen hatte. Aber Noah hatte es geschafft, sich mit einer Sofia herauszureden, mit der er beruflich viel zu tun hatte.

Noah hätte sein neues Leben genießen können. Sie besuchten Ausstellungen oder gingen ins Theater, so wie neulich. Es hatte eine Vorstellung von *Götterdämmerung* gegeben, und Gisela fragte: „Und, wie fandest Du das Stück?"

„Es hatte eine sehr dichte Atmosphäre und die Musik war auch sehr gewagt für die Zeit."

„Seit deinem Infarkt magst du Filme und Theater viel lieber als früher."

„Vielleicht genieße ich nun mein Leben bewusster", antwortete Noah, und es stimmte ja auch, denn es gab 1976 mehr zu genießen als in der Zeit, aus der er kam.

Er hatte zuletzt in den frühen Zwanzigern mit seinen Eltern ein Theater besucht. Wenn er sich richtig erinnerte, war es was von Mozart gewesen. Etwas mit einem Vogelfänger? Sie gingen auch ins Kino, sahen *Der Mieter* und *Satansbraten*. Gisela war sehr kulturinteressiert und Noah mochte das. Außerdem konnte er im Kino gut entspannen und brauchte sich nicht auf ein Gespräch einzulassen.

Trotzdem fühlte er sich einsam. Seine Ehe behagte ihm nicht. Er empfand es als Verrat mit Gisela zu schlafen. Sie war im Bett leiden-schaftlich und kannte wenig Tabus. Trotzdem machte es ihn nicht an. Vielleicht weil er zu angespannt und nicht bei der Sache war.

Er musste immer aufpassen, was er sagte.

Jede Woche suchte er eines der Redaktionsbüros auf und gab den abgesprochenen Anzeigentext für den Nichterfolg auf. Jedesmal musste er schauen, daß nicht wieder dieselbe Mitarbeiterin am Tresen saß, die sich wunderte, wie viele Frauen er wohl im Bus 13 sah, die er gerne wiedersehen wollte. Abwechselnd ging er in die Redaktionen aller Tageszeitungen, gab mal dieses, bald jenes abgesprochene Inserat auf.

Bei einem Geschäftsessen der naturwissenschaftlichen Fakultät lernte Noah Bruno Herwig kennen. Er war Redakteur der Politik-sparte des ZDF.

„Das ist zweifelsfrei eine interessante Hypothese", sagte Herwig.

„Und nicht nur das: Wenn sich der Individualverkehr ebenso exponentiell entwickelt, wie der eben erwähnte Flugverkehr, dann wird auch der CO_2-Ausstoß weiter erhöht."

„Haben Sie Beweise dafür?", fragte Herwig und beugte sich über das Buffett, um an die Mini-Frikadellen zu gelangen.

„Nun, ich habe mit Herrn Doktor Gerbel der Universität Tübingen über diese Themen geforscht", antwortete Noah und nahm sich ein wenig von den eingelegten Heringen. Es gab welche in Curry-, Portwein- und Dill-Sauce.

„Köstlich", sagte Noah, den müssen Sie probieren."

„Gibt es denn bereits Veröffentlichungen?"

„Bisher noch nicht, da die Arbeiten noch nicht abgeschlossen sind", antwortete Noah, während er den eingelegten Hering aß.

„Sie hatten gesagt, es gibt insgesamt fünf Hauptgründe und fünf Hauptfolgen für das Aussterben der Menschheit in etwa hundert Jahren. Können Sie mir in groben Zügen die anderen drei Gründe skizzieren?" Herwig strich mit dem letzten Bissen Frikadelle den Senf vom Teller, bevor er sich etwas von dem warmen Kartoffelsalat genehmigte.

„Neben dem Flug-, Schifffahrts- und dem Individualverkehr ist die Abholzung des Regenwaldes ein weiterer Punkt, der die globale Erwärmung vorantreibt, weiter die Vergiftung der Umwelt durch Plastikmüll, die globale Resistenz gegen Antibiotika und die Fleischindustrie und die damit verbundene Sterilisierung und Vergiftung des Bodens für die Landwirtschaft durch Pestizide."

„Die Fleischindustrie? Wie habe ich denn das zu verstehen?"

Herwig sah Noah mit großen Augen an. Dann spickte er sich erneut einige Mini-Frikadellen vom Buffett.

„Ganz einfach: Die Fleischproduktion nimmt etwa zehnmal so viele Futtermittel in Anspruch wie die Nutzpflanzenproduktion selbst. Bei einer Weltbevölkerung von um die zehn Milliarden in sechzig bis siebzig Jahren macht sich das drastisch bemerkbar."

„Und die Folgen?"

Sie gingen am Buffett entlang. Noah war schon jetzt ziemlich satt. Dennoch nahm er einen neuen Teller und bediente sich bei den Süßspeisen. Die Quarkbällchen sahen zu lecker aus und gegen ein kleines Stückchen Sachertorte war doch wohl nichts einzuwenden.

„Der CO_2-Gehalt der Atmosphäre lässt die Temperatur steigen, das führt zum Abschmelzen der Süßwassereisreserven in der Arktis, Antarktis und der Gletscher weltweit, was sich auf die Temperatur und nicht zuletzt den Sauerstoffgehalt der Weltmeere auswirkt. Der Permafrost wird tauen, und dadurch wird weiteres Methan entweichen, was den ganzen Prozess weiter beschleunigt."

„Aber Sie werden zugeben müssen, daß dies ein an den Haaren herbeigezogenes Szenario ist. Bis dahin kann es noch hunderte Jahre dauern, oder? Und meinen sie nicht, daß die Wissenschaft etwas dagegen erfinden wird? Und außerdem: Die Wirtschaft boomt. Es werden im gesamten Bundesgebiet Autobahnen gebaut. Selbst entlegene Dörfer bekommen Anschlussstellen und viele Familien tendieren sogar zum Zweitwagen und entdecken Fernreisen für sich. Meinen Sie, daß die Bevölkerung für solche Themen wie die Abschaffung des Individualverkehrs oder eine Einschränkung der neu entdeckten Flugreisen bereit ist?"

Herwig hatte den letzten Rest Salat verdrückt und nahm sich nun auch einen frischen Teller, den er mit je einem Stück Herrentorte und einem Stück Bienenstich füllte.

„Herr Herwig, darum geht es gar nicht. Fakt ist, daß wenn wir jetzt nicht offen für eine solche Diskussion sind, unsere Kindeskinder und deren Kinder die Rechnung bezahlen müssen."

„Herr Doktor Bender. Ich schätze Ihre Initiative. Wären Sie bereit, diese öffentlich im Fernsehen in einer Diskussionsrunde zu vertreten? Ich könnte mir vorstellen, daß das sehr spannend werden könnte."

„Dazu wäre ich bereit, Herr Herwig. Und ja, ich denke, das kann spannend werden."

„Herr Doktor Bender, ich danke Ihnen vielmals für dieses erfrischende und spannende Gespräch und für Ihren Mut." Herr Herwig stellte seinen Teller beiseite und reichte Noah die Hand und sah ihn freundlich an.

Noah schöpfte Hoffnung. Er sah sich im Fernsehen. Im ZDF. Das sahen eine ganze Menge Menschen. Da würde sich eine große Sache ergeben. Vielleicht könnte er doch was bewegen.

„Sie werden von mir in den nächsten Tagen hören."

15

Am frühen Morgen – Alina hatte gerade ihre Praxis geöffnet – kam Doktor Peters vom IRZK in die Praxis. Er blickte wirr um sich, setzte sich, stand wieder auf, als wäre jemand hinter ihm her.

„Frau Doktor Hübner, haben Sie einen Augenblick?"

Alina wusste sofort, daß sein Auftauchen etwas mit Noah zu tun haben musste.

„Sicher doch, setzen Sie sich."

Herr Doktor Peters nahm Platz. Er knetete seine Hände und atmete schwer. Er musste sich sehr beeilt haben.

„Wir haben Neuigkeiten. Unglaubliche Neuigkeiten."

„So? Was denn? Haben Sie eine Nachricht in einer Zeitung erhalten?"

„Besser, besser, unglaublich. Einfach unglaublich. Das müssen Sie sich ansehen."

Alinas Herz begann schneller zu schlagen. „Was denn?", fragte sie.

„Da müssen Sie mit ins Institut kommen."

Alina musste nicht überlegen. „Gut. Lassen Sie mich kurz einen Zettel schreiben und an die Tür heften."

Dann brachen sie auf. Peters trat in die Pedale, als hinge sein Leben davon ab, und Alina hatte Mühe, ihm zu folgen. Im IRZK angekommen warteten schon mindestens dreißig Wissenschaftler in einem leicht abgedunkelten Raum. Doktor Peters bot Alina einen Platz an und ließ ihr ein Glas Wasser bringen.

„Werte Kollegen. Wir sind hier versammelt, um eine erste – unfassbar wichtige – Neuigkeit mit Ihnen zu teilen. Heute Nacht hat unser Partnerinstitut CoTe Signale empfangen."

Einige der Wissenschaftler horchten auf. CoTe betrieben im internationalen Auftrag Radioteleskope in den Anden.

„Man hat uns via Datenfernübertragung Material zur Sichtung überlassen, welches wir nun vorführen möchten."

Doktor Peters schaltete den Monitor am Kopfende des Raumes ein und startete das Filmmaterial.

Es gab einige kurze Lacher, denn was sie da sahen, waren die Mainzelmännchen. Nicht die, die die meisten von ihnen aus Kindestagen kannten, mit wuscheligen Haarschöpfen, die unter den Kappen hervortraten, sondern die Mainzelmännchen der Siebziger Jahre des vergangenen Jahrhunderts. Beleibt, gedrungen und mit Mützen, die kein Haar hervorschauen ließen.

„*Gudden Aaaaabend!*"

Das Bild war verschwommen, der Ton war von einem Sirren überlagert und schwankte sinusartig in der Höhe. Während die Mainzelmännchen noch umhersprangen, ging das Bild in eine Diskussionsrunde über. Da lachte niemand mehr.

Und als eine Großaufnahme eines Wissenschaftlers namens Doktor Bender folgte, schaltete Herr Doktor Peters den Film auf Pause.

„Doktor Helmut Bender ist die Zielperson von unserem Kollegen Noah Hübner gewesen. Diese Aufnahme ist vom 15.10.1976, wie wir später sehen werden. Herr Hübner wurde zum 18.07.1976 zurückgeführt, was eindeutig belegt, daß Herr Hübner die Rückführung erfolgreich überstanden hat und seiner Aufgabe nachkommen konnte."

Im Raum gab es Ahhs und Ohhs. Alina konnte ihren Augen kaum trauen. Dieser Mann sollte ihr Bruder Noah sein?

Als Doktor Peters den Film wieder startete, bemühte sie sich, auf Gestik, Mimik und Sprache von Helmut Bender zu achten. Würde sie Noah wiedererkennen?

„Das ist eine ganz einfache Geschichte", sagte Helmut Bender. „Wenn Sie die aktuelle Weltbevölkerung nehmen und den CO_2-Ausstoß dazu nehmen, wenn Sie weiter die exponentielle Entwicklung der Weltbevölkerung nehmen und beachten, daß der Energieverbrauch nicht nur proportional zur Bevölkerung wächst, sondern aufgrund der mehr und mehr technisierten Welt ebenfalls exponentiell wachsen wird, dann kommt man leicht zu dem Schluss…"

Alina betrachtete, wie Bender seine Hände beim Sprechen bewegte, wie er seine Diskussionspartner ansah. Plötzlich wurde das Bild von einer Nachrichtensendung überlagert und schließlich überblendet. Man sah im Bildwinkel das Datum vom 15.10.1976. Alina runzelte die Stirn und sah ganz genau hin. Sie knibbelte an ihren Nägeln und ihr Herz begann zu rasen. Für sie bestand kein Zweifel. Der Mann war Noah in einem fremden Körper. Der Diskussionspartner – ein Herr Doktor Fülling – unterbrach Noah. „Sie wollen uns doch nur verunsichern, unseren Lebensstil diskreditieren. Nach den Ergebnissen des *Club of Rome* verkaufen Sie uns doch nur alten Wein in neuen Schläuchen."

„Nein, eben nicht", antwortete Herr Doktor Bender. „Es ist mehr als das, weil…"

Das Bild verschwamm und eine Werbung löste die Diskussion ab.

„*Rama macht das Frühstück gut, Raaamaaa.*"

Alina wartete darauf, dass Noah weitersprach, stattdessen kam nach einem kurzen und akustisch störungsreichen

Mainzelmännchen-Intermezzo wieder Doktor Fülling zu Wort.

„Ich würde auch gerne wissen, wie Sie dieses Szenario berechnet haben, was Ihre Grundlagen waren und wer die Ergebnisse überprüft hat."

„Ich habe diese Forschungsarbeiten mit Herrn Doktor Gerbel von der Universität Tübingen durchgeführt, unter Zuhilfenahme des dort installierten BS2000-Großrechners."

„Herr Doktor Gerbel also?"

Alina sah die anderen Wissenschaftler im Raum aufhorchen. Herr Doktor Peters hielt den Film erneut an.

„Wie Sie vielleicht wissen, war Herr Doktor Gerbel eine weitere Zielperson. Es sieht also zunächst so aus, als hätte unser guter Noah es geschafft, zu Herrn Doktor Gerbel, den wir hier unter Max Waldner kannten, Kontakt aufzunehmen. Das ist sehr, sehr interessant. Aber sehen Sie weiter."

Doktor Peters ließ den Film weiterlaufen.

„Herr Doktor Gerbel ist meines Wissens bereits vor eineinhalb Jahren verstorben. Der BS2000-Großrechner wurde erst nach seinem Tod an der Universität Tübingen in Betrieb genommen. Wie erklären Sie sich das?"

„Ich kannte Herrn Doktor Gerbel gut und ... hatte die Möglichkeit, nach seinem Tod ... die notwendigen Berechnungen dort durchzuführen."

Alina merkte, wie Noah ins Stocken kam. Wie Noah, wenn er unsicher war, presste Herr Doktor Bender seine Finger auf die Tischplatte. Da stimmte was nicht.

Wieder wurde das Bild unscharf, eine Tonstörung überlagerte die Sprache und ein Fetzen Werbung brach in die Übertragung ein.

„Wenn einem so viel Gutes widerfährt, ist das einen Asbach Uralt wert."

Wieder die Mainzelmännchen, dann nochmals eine Sequenz der Fernseh-Diskussion.

„Nein, ich hatte keine anderen Kollegen, ... die die Forschungen begleitet haben", sagte Helmut Bender, und dann brach die Übertragung ab.

Alina wäre am liebsten aufgesprungen und hätte Doktor Peters umarmt, so glücklich war sie. Ihr rannen Freudentränen die Wangen hinab. Noahs Rückführung hatte offensichtlich funktioniert. Er lebte. Auch wenn er in einem anderen Körper steckte. Das Interview war nach dem eigentlichen Tod des Professors entstanden. Es war bewiesen!

Aber was sie sich überhaupt nicht erklären konnte: Wie war es zum Empfang dieser Übertragung gekommen?

Peters schaltete den Monitor aus. „Sie haben es mit eigenen Augen gesehen: Die Rückführung von Kollege Hübner war erfolgreich. Das sollte uns zunächst sehr freudig stimmen."

„Was ist mit Max Waldner?", fragte einer der Wissenschaftler, der stirnrunzelnd am Tisch saß und seine Brille putzte.

„Nun", sagte Peters. „Wir gehen davon aus, daß Noah ihn in Ermangelung eines anderen Kontaktes genannt hat."

„Was soll das heißen?", fragte er und betrachtete derweil prüfend seine Brille bevor er sie wieder aufsetzte.

„Das kann mehrere Gründe haben. Zum einen, daß es Noah Hübner bisher nicht gelungen ist, zu einer anderen Zielperson Kontakt aufzunehmen, zum anderen, daß er vielleicht der einzige ist, bei dem die Rückführung erfolgreich war. Stimmt die Angabe des Todeszeitpunkt von Herrn Doktor Gerbel mit seinem tatsächlichen Todeszeitpunkt überein, dürfen wir nicht davon ausgehen, daß Noah Herrn Doktor Gerbel, sprich Max Waldner zu irgendeinem Zeitpunkt hat kennenlernen können."

Alina überkam auf einmal eine tiefe Traurigkeit. Noah war also allein im letzten Jahrhundert. Niemand sonst hatte das Experiment überstanden. Ganz auf sich allein gestellt wurde er im Fernsehen der Lügen überführt und lächerlich gemacht. Und sie konnte nichts für ihn tun.

„Und noch was", sagte eine Wissenschaftlerin. Sie hatte bisher nachdenklich mit ihrem Stift gespielt, und Alina hatte gemerkt, daß sie darauf brannte, ihre Frage loszuwerden. „Wie kommt es zu dieser Aufnahme, ist sie authentisch?"

„Werte Kollegin", antwortete Doktor Peters. „Daß von Radioteleskopen terrestrische Signale aus der Vergangenheit empfangen werden ist ein extrem seltenes Phänomen und somit ein unglaubliches Glück. Bisher sind lediglich acht solcher Fälle dokumentiert. Der erste Fall war übrigens ein Ausschnitt einer alten Folge der Fernsehserie *Doctor Who* der BBC, die in den frühen Jahren dieses Jahrtausends empfangen wurde. Wir müssen davon ausgehen, daß das gesendete Material aus dem Jahre 1976 im All von dunkler Materie reflektiert und von dem Radioteleskop empfangen wurde. Für die etwa fünf Minuten, die wir hier erlebt haben, stehen die Chancen etwa eins zu 35 Millionen."

Im Raum herrschte ehrwürdiges Schweigen. Alina überlegte, was die Leute um sie herum nun wohl dachten. Ob sie gern an Noahs Stelle gewesen wären? Ob sie das alles überhaupt fassen konnten? Als sie das IRZK verließ, bebte sie am ganzen Körper. Sie war stolz auf Noah. Dennoch: Wenn er dort war und die Gegenwart immer noch dieselbe, hieß das nicht, dass er gescheitert war? Sie war sich absolut nicht sicher, dass alles funktionieren würde, wie erdacht.

16

Das Wohn- und Arbeitszimmer maß an die vierzig Quadratmeter. An der längsten Wand befand sich ein riesiges Regal aus beinahe schwarzem Holz, wie Noah es noch nie gesehen hatte. Dort bewahrte Herr Kürschner eine Unzahl von Büchern und Schallplatten auf. In einigen Regalfächern standen kleine Kunstobjekte; afrikanische und asiatische Skulpturen. Auf einer Anrichte stand die Stereo-Anlage. Ein wuchtiges Tonbandgerät und kugelrunde HiFi-Boxen, die auf schmalen Ständern thronten.

Die große Fensterfront wurde von Palmengewächsen eingerahmt. Überall türmten sich Bücher: in den Zimmerecken, neben einem Sessel, auf einem antiken Schreibtisch, der schräg im Raum stand, und neben einer Stehlampe. Sie wirkten wie achtlos aufeinandergestapelt, waren aber mit Sicherheit absichtlich so drapiert worden, um dem Besucher klarzumachen: Hier ist Kultur. Noah fühlte sich nicht besonders wohl. Er nippte an seinem Rotwein, den die junge Frau mit der Cordlatzhose und den großen Ohrringen ihnen gebracht hatte. Werner Kürschner saß ihm gegenüber. Es war gar nicht leicht gewesen, einen Termin mit ihm zu vereinbaren.

„So, Sie sind also Wissenschaftler?", hatte er am Telefon mit überheblichem Ton gefragt.

„Ja, korrekt."

„Und wieso wollen Sie mich dann treffen? Mich, als Regisseur?"

Kürschner war neben Werner Schroeter und Werner Herzog einer der bekanntesten Regisseure des sogenannten neuen deutschen Films, und man unterstellte ihm Sympathisantentum zur RAF. Sein letzter Film *Erobert die Städte* war wegen antidemokratischen Tendenzen untersagt worden, bevor er nochmal neu geschnitten wurde.

„Weil ich stellvertretend für eine Gruppe von Wissenschaftlern und Forschern mit Ihnen über aktuelle politische Themen sprechen möchte, die von Wichtigkeit und hoher Brisanz sind und weil wir Sie als kulturellen und politischen Treiber und Katalysator sehen."

„Das höre ich gern, aber was kann ich da für Sie tun?"

„Nun, das würde ich eben gerne mit Ihnen besprechen."

Nachdem Noah Werner Kürschner noch ein bisschen weiter hofiert hatte, war dieser schließlich eingeknickt und hatte ihn in seine Wohnung nahe Düsseldorf geladen.

„Nun, dann lassen Sie doch mal hören", sagte Werner Kürschner. „Worum geht es Ihnen und Ihren Wissenschaftlerkollegen?"

„Folgendes: Wir haben uns in den letzten Jahren bundesweit mit Forschungen zum Thema Umwelt befasst. Unsere Ergebnisse waren alarmierend. Wir steuern auf eine globale Katastrophe zu."

„Das überrascht mich wenig, wenn ich ehrlich sein darf. Aber erzählen Sie."

„Es wird verschiedene Faktoren geben, die sich einander beeinflussen. Durch die steigende Zahl an Automobilen und die wachsende Industrie wird der Kohlendioxidausstoß und auch der Ausstoß an Stickoxiden weiter ansteigen."

„Das ist ja ein alter Hut. Sie kommen doch aus Duisburg, sagten Sie. Da haben Sie doch Erfahrung mit Smog. Kollege Petersen hat da doch bereits '73 einen gleichnamigen Film gedreht. Wollte keiner sehen."

„Gut, aber es ist nicht nur das. Durch das Kohlendioxid in der Atmosphäre wird die Temperatur steigen, die Klimazonen verschieben sich. In Skandinavien wird es in fünfzig Jahren so warm sein wie in Süditalien, und der Mittelmeerraum wird zu einer neuen Sahara. Zeitgleich werden alle Gletscher abschmelzen, der Nordpol und Grönland werden massiv an Eis einbüßen."

Noah erzählte, was er auch schon dem Redakteur vom ZDF erzählt hatte. Von der Antibiotikakrise, über die Folgen der Fleischindustrie bis zum Plastikmüll, der die Meere vergiftete.

„Sagen Sie mal, woher wollen Sie denn all das so genau wissen?"

„Wie bereits erwähnt – wir haben Forschung betrieben."

Noah sah auf den Couchtisch vor sich. Dort lag die aktuelle Ausgabe des Spiegels und andere Zeitschriften. *Konkret* und *pardon*, auf dem ein Männlein mit Teufelshörnchen seine Melone zog.

„Und wie sahen diese Forschungen aus?"

„Nun, wir haben in unseren Instituten Großrechner zur Verfügung. Dort haben wir Simulationen laufen lassen."

„Was heißt das? Simulationen? Was kann ich mir darunter vorstellen?"

„Ich will da nicht zu sehr ins Detail gehen, aber Sie kennen bestimmt die Veröffentlichung vom Club of Rome?"

„*Grenzen des Wachstums*?"

„Genau. So können Sie sich das in etwa vorstellen. Wir haben Modelle vorgegeben, Wachstumsmodelle, und haben berechnen lassen, wie stark der Ausstoß an

Kohlendioxid sein wird, wie sich das auswirkt et cetera et cetera."

„In Ordnung. Ich verstehe. Und was passiert dann also, wenn die Polkappen schmelzen und wir in Südeuropa eine neue Sahara haben? Was übrigens sehr schade wäre – ich liebe Süditalien." Herr Kürschner griff nach seinem Glas und nahm einen großen Schluck Wein.

„Wo soll ich beginnen? Zunächst einmal werden das wie eben erwähnt nicht die einzigen Gründe sein, warum es zu einer Katastrophe kommen wird. Das ewige Eis in Sibirien und Alaska wird schmelzen und Dinge freigeben, die die Katastrophe weiter vorantreiben."

„Was denn – einen Yeti, der uns alle frisst?", unterbrach Werner Kürschner Noah amüsiert und stellte sein Glas wieder ab. „Entschuldigen Sie, nur so ein Gedanke."

„Nein", setzte Noah fort und biss sich auf die Unterlippe. Werner Kürschner nervte ihn. Er sah den Ernst der Lage nicht. Wie sollte er auch. Aber für einen angeblich politischen Autorenfilmer wirkte er sehr unbekümmert und auf Rotwein und Kulturgüter fixiert. „Vielmehr gebundene Gase wie Methan, die weiter die Atmosphäre erhitzen, für weniger Sauerstoff in den Meeren sorgen und somit zum biologischen Tod derselben, zu Nahrungsmittelknappheit, Hungersnöten –

denn bedenken Sie die Studien des *Club of Rome* – wir werden immer mehr Menschen, die satt werden wollen. Durch die intensive Nutzung des Bodens für die Agrarwirtschaft werden die Böden ausgelaugt, steril und unbrauchbar. Alle diese Folgen verstärken sich gegenseitig. Mehr Pestizide, schlechtere Böden, mehr Autos, weniger Fische, weniger Essen, schlechtere Luft, mehr Menschen. Insekten, insbesondere Bienen, werden aussterben und somit wird die Bestäubung von Obstbäumen und anderen Pflanzen verunmöglicht, was zu noch mehr Nahrungsmittelknappheit führen wird. Durch das schmelzende Eis steigt der Meeresspiegel. Küstenregionen – auch hier in Deutschland – werden im Meer versinken. In Asien wird es nicht anders aussehen. Indonesien wird mit seinen Inseln beinahe komplett verschwinden. Hinzu kommen dadurch soziale Unruhen, wie durch Flüchtlingsströme aus nicht mehr bewohnbaren Ländern aus Südeuropa oder durch Rationalisierung von Lebensmitteln. Das kann man natürlich nicht simulieren, aber es liegt nahe, daß solch gravierende Einschnitte sozial und gesellschaftlich nicht folgenlos bleiben."

„Verstehe, verstehe", sagte Werner Kürschner. Langsam schien er zu begreifen und nachzudenken. „Das sind ja etliche, kaum überschaubare Folgen."

„Exakt. So ist es. Und ich bin mir sicher, also wir sind uns sicher, daß wir nicht einmal die Hälfte aller Parameter bei unseren Simulationen berücksichtigen konnten."

„Vielleicht gibt es also auch positive Parameter? Vielleicht täuschen Sie sich ja?"

„Eher ist anzunehmen, daß weitere negative Parameter hinzukommen. Einzig positiver Parameter wäre Forschung und Entwicklung alternativer Energiegewinnung, ein allgemeines Umdenken. Aber wenn ich ehrlich sein darf, Herr Kürschner: Die Politik ist dazu nicht bereit, wie Sie sicher wissen."

Werner Kürschner lachte bitter. „Ja, ja. Da gebe ich Ihnen voll und ganz recht."

„Und da Sie bekannt sind, eben auch als politische Gestalt in der Kulturszene, wollte ich Sie im Namen unserer Forschungsgruppe unbedingt sprechen."

„Und an was denken Sie da? Wie soll da meine Rolle aussehen? Wollen Sie, dass ich einen utopischen Film drehe über den Untergang der Welt? Das ist doch gar nicht mein Ding."

„Ganz anders, ganz anders. Uns ist bekannt, dass Sie mit gewissen politischen Gruppen sympathisieren."

„Kommen Sie mir nicht so. Sind Sie etwa vom Verfassungsschutz oder so?"

„Nein, um Gottes Willen!"

Noah hatte mit Misstrauen gerechnet. Er öffnete seine Aktentasche und nahm einige wissenschaftliche Zeitschriften heraus. Er legte sie auf den Couchtisch und blätterte in ihnen. Er wies auf einzelne Artikel. „Hier sehen Sie: Das sind neuere Veröffentlichungen von mir."

Kürschner beugte sich vor, machte *hmmm, hmmm* und schaute sich das Editorial der Zeitschriften flüchtig an.

„Außerdem hatte ich vor einigen Wochen einen Auftritt in einer Diskussionsrunde im ZDF, den Sie vielleicht gesehen haben."

„Schon gut, aber wissen Sie: Die Stimmung ist angespannt, was solche Behauptungen angeht. Schauen Sie nur, welchen Ärger Kollege Schlöndorff und seine Margarethe haben. Man kann nicht vorsichtig genug sein."

„Ich verstehe."

„Aber wie ich sehe, sind Sie und Ihre Gruppe ja bereits aktiv, klären auf, veröffentlichen."

„Ja, das ist wohl wahr. Aber wer liest diese Fachjournale? Andere Wissenschaftler. So ist es unmöglich eine breite Masse zu erreichen, etwas zu bewegen."

„Was genau stellen Sie sich denn vor?"

„Wie gesagt. Ihre Verbindungen sind ja hinlänglich bekannt und wir haben die Idee, daß Sie uns mit Vertretern dieser Gruppe in Kontakt bringen könnten."

„Wozu?"

„Weil wir die Gruppe für unsere Ziele gewinnen möchten."

„Das heißt?"

„Es bräuchte eine Aktion. Eine, die Aufsehen erregt, die Kräfte freisetzt, die mobilisiert."

„An was denken Sie da? Es gibt ja auch zum Beispiel eine Anti-AKW-Bewegung."

„An etwas mit mehr Publicity und vor allen in eine andere Richtung. Eine – sagen wir – Anti-Öl-Kampagne, eine Anti-Kohlekraftwerk-Aktion."

„Ja, aber darüber denkt doch niemand nach. Öl ist als Kraftstoff allgemein akzeptiert. Für die Leute ist Atomkraft gefährlich, nicht Öl."

„Sicher, aber oft ist das gefährlicher, was Akzeptanz hat. Rauchen. Fette Ernährung. Alkohol." Noah lächelte, nahm sein Weinglas und prostete Kürschner zu. Der grinste und nickte. Auch er griff nach seinem Glas. „Da haben Sie wohl Recht", sagte er und sie stießen an. „Also, nun gut. Ich werde versuchen, einen Kontakt herzustellen. Ich habe ja Ihre Telefonnummer. In den nächsten zwei Wochen hören Sie von mir. Alles Weitere werden wir dann hier besprechen. Ich weiß nicht, ob meine Leitung wirklich sicher ist."

17

Noah hatte alles erklärt. Eigentlich dasselbe, was er auch dem ZDF-Redakteur und Werner Kürschner erklärt hatte, der ihm vor zwei Tagen bei einem Folgetreffen Zeit und Treffpunkt genannt hatte und weswegen er nun hier war. Er hatte es sogar noch wissenschaftlicher belegt, strukturierter dargestellt und versucht, seine Entschlossenheit und Ernsthaftigkeit klar rüberzubringen. Mittlerweile hatte er Routine darin bekommen. Doch diese beiden Typen von der RAF schauten ihn nur an, als wären sie kurz vorm Einschlafen. Kein Interesse stand in ihren Gesichtern geschrieben, nur Langeweile.

Sie saßen an einem Tisch, der aus einer Holzplatte bestand, die über drei Kästen Bier gelegt war. Derjenige, der Noah gegenüber auf der linken Seite saß, hörte auf den Namen Brezel und schien der Wortführer zu sein, der andere wurde ihm nicht vorgestellt und hatte bisher nur ab und an *Aha* oder *Ach so* gesagt. Noah schaute Brezel an und wartete auf eine Reaktion. Der fuhr sich mit der Hand im Gesicht herum, knetete sein Kinn und sah ihn dann durch seine Brille an. Seine Augen erschienen dahinter groß und starrend.

„Also, zunächst mal ist deine Schilderung unter dem Gesichtspunkt der halbautomatisiert und zum Teil vollautomatisierten Industrialisierung der Postkriegs-konjunktur des zweiten imperialistischen Weltkrieges und der sich daraus entwickelten Dynamik der nicht mehr kontrollierbaren Versklavung der Konsumenten und Konditionierung des Proletariates ein durchaus interessanter Aspekt. Entscheidend ist der Widerspruch zwischen Strategie und Lösung, die Bindung von Produktivkräften im faschistoiden, monokapitalistischen Schweinesystem einerseits, dem Ausrottungsfeldzug gegen die proletarische Offensive in dem eroberten Territorium der imperialistischen Metropolen andererseits."

Noah hatte im IRZK einige Texte der RAF gelesen und war einigermaßen damit klargekommen. Aber wenn jemand live so sprach, verstand er kein Wort. Was wollte ihm dieser picklige Langhaarige mit der dicken Brille damit sagen? Ob der selbst überhaupt wusste, wovon er sprach? Noah sah ihn an.

Brezel fuhr fort. „Will sagen: Nichtrevolutionäre Klassenkämpfe, auch im Dienste proletarischen Internationalismus, sind weder Drehscheibe noch Sprungbrett, sondern apologetisch, rechtfertigend, rationalisierend und schließlich: Selbstbetrug und Betrug."

Noah war nahe dran zu gehen. Er hatte nicht den Eindruck, Brezel erreicht zu haben.

„Sehen Sie, Brezel. Ich verstehe ja, daß die Umwelt und die Rettung der Welt nicht primäres Ziel Ihrer politischen Stadtguerilla ist. Aber was bedeutet Klassenkampf, wenn in fünfzig Jahren die Menschheit beginnt, auszusterben?"

Der Typ mit der Schiebermütze und dem Vollbart neben Brezel nickte. Wenigstens der schien zu verstehen.

„Außerdem: Ist Öl nicht auch Bestandteil eines kapitalistischen Systems? Und Öl, oder vielmehr die Nutzung als Treibstoff, ist Hauptgrund der zunehmenden Umweltvernichtung. Ist die Abholzung des Regenwaldes auch die Ausbeutung der Menschen in Brasilien nicht auch Grund der zunehmenden Vernichtung unseres Planeten?", fragte Noah. Wieder nickte Brezels Vollbart-Kollege zustimmend. Irgendwie kam Noah der Typ neben Brezel bekannt vor. Hatte er ihn schon mal auf einem Photo gesehen? Diese stechenden Augen. Die kleine Narbe unter dem linken. Ein fahndungsphotobekannter Terrorist war er nicht. Vielleicht ein V-Mann? Noah überlegte, kam aber zu keinem Ergebnis.

Brezel holte erneut aus. „Imperialismus ist sterbender Kapitalismus. Diese ganzen objektiven und äußeren Bedingungen wie Klima, Umwelt, Nahrungsmittel, gehören für die Guerilla zu den Kampfbedingungen. Das ist Organisationsbegriff – und das ist ihr Kampfbegriff. Öl oder Urwald. Es leitet sich die Notwendigkeit von Bündnispolitik ab, das heißt Abstriche, Kompromisse und so weiter. Komplizenschaft aus bewusster oder unbewusster Identifikation mit dem Feind hat zwei Perspektiven: Sozialismus oder Barbarei."

Noah wurde aus Brezel nicht schlau. Das Telefon, das in der Ecke des weiß gestrichenen Raums auf einem Hocker stand, klingelte. Brezel stand auf und hob den Hörer ab. Er stand am Fenster, schob das Betttuch davor zur Seite und blickte vorsichtig durch den Spalt nach außen.

„Ja?", fragte er.

„Und?"

„Ja."

„Nein, ich glaube nicht."

Brezel hängte auf. Setzte sich wieder zu ihnen.

„Wir müssen nun langsam auf den Punkt kommen", sagte er.

Das war ja mal eine Ansage.

„Wir können Sie also nicht für eine Aktion gegen eine Energieeinrichtung gewinnen, um auf die Zerstörung der Umwelt hinzuweisen?", fragte Noah.

„Nein", antwortete Brezel.

„Könnten Sie mir einen Kontakt vermitteln, der mir Gerät beschafft, damit wir das selbst in die Hand nehmen können?", fragte Noah. Notfalls würde er es selbst versuchen – sei es drum. Was diese Hirnis konnten, würde er doch locker schaffen.

„Nein", antwortete Brezel erneut.

Dann schaltete sich sein Kollege ein. „Wir könnten ihn an den Typen vermitteln, wo wir neulich, du weißt schon. Der mit der Glatze."

Brezel wiegte den Kopf hin und her. „Hmmm. Na gut. Du hörst von uns. Vielleicht können wir da was tun. Aber jetzt ist erstmal Schluss. Damit das mal klar ist." Brezel stand auf, streckte Noah die Hand entgegen.

Noah nahm sie. „Danke, und alles Gute", sagte er.

„Der Kampf geht weiter!"

18

„Nun erzählen Sie mal, wie ist es zu dem Treffen gekommen?", fragte der Polizist, der Noah am Tisch gegenüber saß.

„Man hatte mir den Kontakt empfohlen und einen Termin abgemacht", antwortete Noah.
Er fühlte sich elend und hoffte, daß seine augenblickliche Situation nicht zu hohe Wellen schlagen würde. Das konnte er weiß Gott nicht gebrauchen. Es war alles extrem schiefgelaufen.

„Wer hatte Ihnen den Kontakt empfohlen."

„Ich kenne seinen Namen nicht", antwortete Noah wahrheitsgetreu. Es war der vollbärtige Kollege von Brezel gewesen. Und eigentlich hätte er dies auch über Brezel sagen müssen, von dem er auch nicht wusste, wie der richtig hieß. Und selbst wenn – er konnte ja nicht Werner Kürschners Name nennen.

„Schauen Sie sich mal bitte das hier mal an", sagte der Polizist und hielt ihm einige Photos hin. Das dritte zeigte den vollbärtigen Kollegen von Brezel.

„Der war's", sagte Noah.

„Dann ist ja alles klar", antwortete der Polizist und begann zu tippen.

Noah überlegte, wie er da wieder rauskäme. Was sollte er sagen, wenn man ihn fragte, wo er den Typen getroffen hatte? Dabei war es eigentlich recht unauffällig gelaufen. Aber vielleicht eben *zu* unauffällig:

Noah hatte von Brezel telefonisch den Kontakt vermittelt bekommen, Erwin Salewski. Er wohnte in einer Hochhaussiedlung. Vormittags sollte er dort vorbeigehen, und Noah konnte den Termin bequem zwischen zwei Physik-Seminaren unterbringen. Brezel hatte ihm gesagt, daß Erwin Salewski ihn beraten könne und mit Sicherheit was für ihn hätte. Salewski war ein Mann mittleren Alters gewesen. Freundlich. Bierbauch, schlecht sitzender Anzug und Glatze.

„Was soll's denn sein?", hatte er gefragt.

„Ja, das weiß ich auch nicht so genau. Also ich habe da keine Erfahrung", hatte Noah gesagt.

„Und wofür soll's sein?"

„Also, es soll was halbwegs Handliches sein, gut zu transportieren. Vielleicht in einer Sporttasche."

„Ja, und wofür? Kerl, Jetzt lass dir doch nicht die Würmer aus der Nase ziehen."

„Ich will damit sowas wie einen Benzintank aus – sagen wir zweihundert Meter Entfernung – in Brand setzen."

„Willste das nicht lieber mit einem Sprengsatz und einem Fernzünder machen?"

„Ich kann da nicht hin, um irgendwas anzubringen. Ich muss das von entfernt machen."

„Verstehe. Also da hätte ich dann was. Einfach zu bedienen und man zielt damit wie mit einem Gewehr. Kindersicher. Warte mal kurz."

Herr Salewski verschwand ins Nachbarzimmer. Nach einer Minute war er wieder da.

„Hier", sagte er.

Noah schaute ungläubig. „Das? Das ist doch ein Teleobjektiv oder sowas. Wollen Sie mich verarschen?"

„Siehste. Hat schon funktioniert, die Tarnung. Das ist ein M203-Granatwerfer. Amerikanisches Modell. Wurde bei einem Einbruch in der amerikanischen Basis in Wiesbaden vor ein paar Wochen rausgeschafft."

„Das? Ein Granatwerfer?"

„Jou. Eingebaut in das Gehäuse eines Novoflex 400 Millimeter Teleobjektives. Schwer zu bekommen, sowas. Eigentlich befestigt man den M203 an einem M16 oder was Baugleichem. Aber man kann ihn auch solo benutzen. Und so getarnt. Da hast du keine Probleme. Siehst ja selbst, daß du drauf reingefallen bist, he."

Noah nahm den Teleobjektiv-Granatwerfer entgegen und betrachtete ihn von allen Seiten. „Ganz leicht eigentlich."

„Wiegt keine eineinhalb Kilo. Und ist kinderleicht auf jedem Dreibein zu befestigen, eben fast wie ein Teleobjektiv." Erwin Salewski lachte dreckig.

„Gut. Und wie bediene ich das?"

Erwin Salewski nahm den Granatwerfer zurück, stellte sich in Position und sagte: „So. Hier... und hier... so und dann Bamm!"

Noah nahm den Granatwerfer und sah ihn sich nochmals an. Es schien kinderleicht.

„Und Munition? Und wie lädt man die nach, und kann ich die in einer Wohnung benutzen, also aus dem Fenster schießen?"

„Du fragst einem ja echt Löcher in den Bauch." Erwin Salewski lachte. Dann erklärte er Noah alles in Ruhe, nannte den Preis, und Noah bezahlte und packte den Granatwerfer samt Dreibein ein.

Er schaute auf seine Uhr. Wenn er sich ein bisschen beeilen würde, würde er es zu seinem nächsten Seminar so pünktlich schaffen, daß er vorher noch einen Kaffee trinken könnte.

Noah verabschiedete sich, nahm den Aufzug hinunter und ging zu seinem Audi. Als er den Granatwerfer in den Kofferraum packen wollte, rief jemand:

„Legen Sie die Tasche ab, bleiben Sie mit dem Rücken zu uns stehen und nehmen Sie die Hände hoch."

Noah zuckte zusammen. Irgendjemand hatte ihn verpfiffen. Soviel war klar.

Und nun saß er hier. Statt weiter nach dem Kontakt zu fragen, fragte der Polizist: „Und was hatten Sie mit dem Granatwerfer vor?"

Noah überlegte, ob er die Wahrheit sagen solle. Vielleicht war es besser, als sich etwas zusammenzulügen. Das merkten die bestimmt sofort.

„Ich weiß es ehrlich gesagt nicht genau. Ich hatte in Erwägung gezogen, einen Öltank in Brand zu setzen."

„Einen Öltank? Wieso? Stört der Ihre Aussicht vom Schlafzimmerfenster?" Der Polizist lachte über seinen eigenen Witz.

„Ich bin Wissenschaftler und möchte auf die Gefährlichkeit von Öl als Kraftstoff aufmerksam machen."

„Aber wir wissen doch alle, daß Öl brennt, da brauch doch kein Wissenschaftler kommen und das mit seinem Granatwerfer zu präsentieren."

„Es geht um globale Umweltschäden, die verursacht werden, und da wollte ich das so mit einer Art Bekennerschreiben machen."

„Eine Art Bekennerschreiben? Sind Sie sowas wie ein Terrorist? Wir führen Sie gar nicht in unseren Akten."

„Nein, ich bin", Noah stockte. Was war er?

„Also wissen Sie: Wir nehmen jetzt den ganzen Scheiß hier auf. Aber ich glaube, *Sie* helfen uns bei unserer Fahndung nicht. So Arschkrampen wie *Sie*, die stören nur unsere Ermittlungen. Sie sind ein echtes Ärgernis für jeden Fahnder, Sie sind das Allerletzte."

Der Polizist hatte zuletzt geschrien; nun kam er mit hochrotem Gesicht zu ihm herüber und klatschte ihm eine. Noahs Wange brannte, aber er sagte lieber nichts.

Der Polizist setzte sich wieder, stellte allgemeine Fragen zu Noahs Person. Sie nahmen die Details des Granatwerfers auf und nahmen Noahs Fingerabdrücke.

Dann sagte der Polizist: „Gefahr ist hier jedenfalls nicht Verzug, bei einem Blödmann wie Ihnen. Sehen Sie zu, daß Sie Land gewinnen und wir Ihre Visage hier nie wiedersehen, Sie Arschgeige. Wenn Sie nochmals auffällig werden, dann fahren Sie in das tiefste Loch ein, was wir hier haben, und ich scheiß sie persönlich zu – versprochen. Und nun los – hauen Sie ab!"

Der Kollege des Polizisten, der dem Vollbart-Kollegen von Brezel gar nicht unähnlich sah, nickte. „Sie machen nur unnütz Arbeit. Verschwinden Sie. Sie hören von uns."

Noah stand auf. Er war verwirrt. Vielleicht war es nur Taktik. Vielleicht stand er von nun an unter Beobachtung. Aber wie auch immer. Er konnte gehen. Das war die Hauptsache. Die andere Sache war, daß er versagt hatte.

19

Noah saß in seinem Universitätslabor und schob den kleinen Zettel mit der Adresse nachdenklich zwischen seinen Fingern hin und her.

Werner Hübner (bei Heike Koslowski)
Hochstraße 83

Er hatte die Adresse über das Einwohnermeldeamt herausgefunden. Es war nicht einfach gewesen, weil der Name, den er genannt hatte, nicht mit der Meldeadresse der Telefonauskunft übereinstimmte und das Einwohnermeldeamt nicht auskunftsberechtigt war. Er hatte einfach vorgegeben, er müsse wegen eines Todesfalls Kontakt aufnehmen. Es handele sich um die entfernte Familie, was ja sogar stimmte, und schließlich hatte der Beamte ihm die Adresse gegeben. Es brannte ihm so unter den Nägeln und eigentlich war es komplett verboten, aber da ohnehin niemand aus seiner Zeit die Rückführung überstanden hatte – wer hätte was sagen sollen?

Und er hatte das Kennzeichen des Opel Kadetts bekommen: DU-DW 840. Noah würde also seinen Urgroßvater besuchen. Er hatte keine Ahnung, was das für ein Mensch war, in welchen Verhältnissen er lebte. Er suchte krampfhaft nach einem Grund, der einen Besuch hätte rechtfertigen können.

Er faltete den Stadtplan, den er neulich in seinem Büro gefunden hatte, auf seinem Schreibtisch auseinander und sah nach, wo er hinmusste. Noah machte etwas früher Feierabend, denn er musste noch zur Sparkasse. Dort holte er ein paar hundert Mark ab und fuhr dann zur Hochstraße. Ein typisches Arbeiterviertel. Sechs- und Achtfamilienhäuser, wohl aus den Jahren nach dem zweiten Weltkrieg. Viele von ihnen würden auch noch in hundert Jahren stehen. Noah hatte dort mal einen Arbeitskollegen aus dem IRZK besucht. Er umrundete den Block und fand den Kadett nur ein paar Häuser entfernt von der Nummer 83 stehen. Leider parkte hinter ihm ein kirschroter Datsun Cherry. Das störte seinen Plan. Noah parkte etwas versetzt in eine Lücke ein. Vielleicht würde der Datsun-Fahrer heute noch wegfahren. Noah stieg aus und ging die Straße runter. Er kaufte sich an einer kleinen Trinkhalle eine Afri Cola und eine Schachtel Stuyvesant. Wie einfach das alles in den Siebzigern war. Man lief keine zweihundert Meter und bekam alles zum Leben für ein paar Münzen nachgeworfen. Es erschien ihm noch immer zu einfach.

Noah umrundete den Block. Es gab eine kleine Grün-anlage und weil es für die Jahreszeit noch nicht zu kalt war, setzte er sich auf die schmale Parkbank. Vögel zwit-scherten. In einem Busch schien ein Schwarm Spatzen auf

Futter zu warten. Noah hatte noch Kekse in der Tasche, zerbröselte sie und fütterte die Vögel. All das erinnerte ihn an seine früheste Kindheit. Wie lang hatte er sowas nicht mehr erlebt. Dreißig Jahre? Länger?

Er beobachtete die Spatzen, die ab und an herbeiflogen und auf dem Boden nach den Kekskrümeln pickten. Einige größere Vögel kamen heran und machten ihnen den Platz streitig, waren das Stare? Er hatte solche Vögel mal gesehen. Vielleicht aber auch Amseln. Noah hatte keine Ahnung. Als Zehn- oder Zwölfjähriger hatte er sich für Spiele auf seinem Smartphone interessiert, wie alle anderen Zehnjährigen auch – und nicht für Vögel. Wieso eigentlich nicht?

Die Afri Cola schmeckte ausgezeichnet und machte ihn wieder frisch. Nachdem er zwei Stuyvesant geraucht hatte, trank er den letzten Schluck und warf die leere Flasche in den Abfalleimer neben der Bank. Dann ging er zurück zu seinem Auto. Der rote Datsun war verschwunden. Noah parkte aus und setzte den Wagen in die andere Lücke um. Er rangierte vorsichtig und dann – als er genau im richtigen Winkel stand, um den Schaden nicht zu groß zu gestalten – legte er den ersten Gang ein ließ die Kupplung mit einem Ruck kommen, so daß der Audi gegen das Rücklicht des Kadetts hüpfte. Es schepperte etwas. Noah parkte fertig ein, dann stieg er aus und besah sich den Schaden. Er war ihm gut gelungen: Der Audi hatte nur eine winzige Beule in der Stoßstange und am Kadett war das Rücklicht zerborsten. Schnell ging er zur Rheinstraße 83 und schellte bei Koslowski. Jemand öffnete und Noah trat ins Treppenhaus, in dem ihm ein scharfer Ammoniak-Geruch entgegenschlug. Frisch geputzt. Er ging die Treppe hinauf, im zweiten Stock stand eine Tür offen. Noah klopfte und eine Frauenstimme rief: „Is offen."

„Hallo, könnten Sie bitte kommen, ich mag nicht einfach eintreten", rief Noah in die Wohnung hinein.

Kurz drauf stand ihm eine Frau, anscheinend Heike Kosloswski, gegenüber. Sie war in der zweiten Hälfte der Dreißiger, trug eine Jeanshose und ein T-Shirt mit dem Aufdruck Deutschland `74. Noah fragte sich, was 1974 wohl in Deutschland gewesen sein mochte.

„Tach, wie kann ich Ihn' helfen?", fragte Heike und ein Junge erschien hinter ihr. Ob das sein Großvater war?

„Ich habe anscheinend ihr Auto beschädigt und wollte mich deswegen direkt bei ihnen melden. Jemand auf der Straße wusste, wem der Wagen gehört."

„Ach je, schwer?"

„Eine Heckleuchte. Beim Parken", antwortete Noah.

Der knapp Zehnjährige stand hinter Heike. Er hatte strubbelige, blonde Haare und war für sein Alter recht groß und starrte ihn mit offenem Mund an. Ob er was merkte? Nein. Woher auch?

„Na ja, dann kommense doch ersma rein", sagte Heike. „Koslowski, mein Name."

„Ich weiß". Noah lächelte. „Bender", sagte er und streckte ihr die Hand entgegen. Er folgte ihr in die Küche.

„Setzense sich. Ich hol ma mein Mann."

Frau Koslowski verließ die Küche. Der Junge setzte sich ihm gegenüber und kurz drauf erschein ein zweiter – im gleichen Alter mit dunklen Haaren. Offensichtlich waren es keine Brüder.

„Guten Tag Kinder, mein Name ist Helmut Bender", stellte er sich den beiden Jungen vor.

„Markus", sagte der Dunkelhaarige und

„Rainer", der Blonde.

Rainer. Das war also sein Großvater. Der Mann, den er als kleiner Junge so gemocht hatte. Der mit seiner Frau Jolanda mit dem lustigen Akzent. Noah musste etwa zwanzig gewesen sein, als die beiden kurz hintereinander verstarben.

Markus war Rainers Halbbruder, glaubte Noah. Er hatte das in Erzählungen gehört, war sich aber nicht sicher, ob es stimmte. Kennengelernt hatte er Markus nie. Alte Leute hatten es damals bereits sehr schwer, Anfang der Dreißiger, nach dem Blackout, nach der ersten Nahrungsmittelknappheit. Es gab kaum Medikamente. Sein Opa hatte Zucker. Und Oma Jolanda war immer etwas schwächlich gewesen.

„Und sie haben den Wagen von mein Alten kaputtgefahrn?", fragte Rainer.

„Nicht kaputt, eher angestoßen", antwortete Noah und lächelte Rainer an. Es war schön und befremdlich, mit einem Jungen zu reden, den er selbst nur als älteren Herrn kannte. Rainer lutschte ein Bonbon, und Noah hätte ihm gern geraten, mit dem Süßkram aufzupassen, damit er kein Diabetes bekäme.

„Schönen Tach", sagte der Mann, der die Küche betrat. Das musste Werner – sein Urgroßvater – sein. Noah stand auf und stellte sich vor. Werner setzte sich neben ihn.

„Na, wennse wat Zeit hamm, würd ich mich eben kurz ma umziehen und dann gehn wa ma kurz runter und schauen uns dat an."

„Ja, gern."

Noahs Urgroßvater machte einen sympathischen Eindruck und war auch wegen der Beschädigung kein bisschen gereizt. Werner verschwand kurz, und als er wiederkam, trug er eine alte Cordhose und ein kariertes Hemd.

„Na dann", sagte er, und Noah stand auf und folgte ihm.

Unten angekommen schaute Werner sich den Schaden an.

„Halb so wild. Is ja nur dat Rücklicht."

„Ja, das sah mir auch so aus."

„Ich würd vorschlagen, wir fahrn kurz zu den Buschmann, nach Laar. Der hat bestimmt son Rücklicht auf Lager. Wennse dat dann übernehm, dann sind wa quitt. Austauschen kann ich dat selbs. Dat is ma kein Problem."

„Wirklich?", fragte Noah.

„Ja, ach. Dat is ja alles halb so wild, is dat."

Noah fand das alte Ruhrdeutsch lustig. In der Universität sprach man nicht so, und er hatte noch keinen Kontakt zu Arbeitern gehabt, seit er in den Siebzigern war. Die Sprache war grob, und trotzdem fühlte er sich wie zu Hause. Sie verließen die Wohnung.

„Dann kommen Sie, Herr Hübner. Ich fahre."

Noah öffnete die Beifahrertür und Werner stieg ein.

„Huiuiui, ne echte Nobelkarosse. Wat machense denn beruflich, wenn ich ma frahng darf?"

„Ich arbeite an der Uni."

„Aber wat Höheres, will ich meinen?"

„Ich unterrichte an der physikalischen Fakultät."

„Alle Achtung."

Sie unterhielten sich ein wenig, und während Werner ihm den Weg wies, erzählte er, daß er auch mit Computern zu tun habe. Daß er Technischer Zeichner war, früher aber in einem Stahlwerk gearbeitet hatte.

Der Gebrauchtwagen-Händler hatte das Rücklicht tatsächlich auf Lager. Für einen läppischen Preis, wie Noah fand.

„Sind das beides ihre Söhne?", fragte Noah auf der Rückfahrt.

„Nee, Markus is der Sohn vonne Heike. Rainer is mein Sohn."

„Ach so. Also in zweiter Ehe? Entschuldigung, ich will nicht zu persönlich werden."

„So ungefähr. Ich bin Witwer."

„Oh, das tut mir schrecklich leid."

„Könnense ja nix zu. Also Heike lebt getrennt von ihrem Männe. Der is abgehauen und hatse sitzen lassen. Und wir kenn uns schon seit Kindesbeinen an. Und meine Marion hat sich vor zwei Jahren dat Lehm genommen. Da macht man nix. So is dat nunmal."

Noah haderte einen Moment. Aber wenn er etwas erfahren wollte, war hier und jetzt die Gelegenheit und dann nie mehr wieder. Also fragte er:

„Entschuldigen Sie, ich will da jetzt nicht unhöflich sein, aber darf ich fragen, wieso sich Ihre Frau das Leben genommen hat?"

„Sicher dürfense", antwortete Werner. „Nun, Marion, meine Frau hatte seit jeher so ihre Probleme gehabt. Dat rührte vonnen Krieg her. Vater verlorn und so, evakuiert gewesen, dann zurück inne Stadt, wissense. Und dann hatse vom Arzt Tabletten gekricht. Welche, die sie aufpeppen sollten, und dann welche zum Schlafen. Und schließlich isse dann in die Klapsmühle gekommen. 71 war dat."

„Klapsmühle?"

„Also in die Psychiatrische. Und da isset dann nur noch schlimmer geworden."

„Wieso konnten die denn dort nicht helfen?"
Noah verstand das nicht. Er hatte gedacht, daß damals den Menschen in den Krankenhäusern geholfen wurde.

„Na ja, die habense nur noch mehr mit Tabletten zugedröhnt bis die gar nicht mehr wusste, obse Männlein oder Weiblein war."
Herr Hübner pausierte kurz und biss sich auf die Lippe. Dann sprach er weiter.

„Wennse sich da mal so in sonner Irrenanstalt umsehen: Schlimm is dat. Wie innem Horrorfilm. Elektroschocks kriegen die Leute da, da sind die anschließend wie weggetreten. Und die ganz schlimmen Fälle, also..."
Wieder pausierte er und Noah beobachtete, wie Werner mit den Fingernägeln am Lenkrad kratzte.

„Also die wirklich schlimmen Fälle, die kricht man gar nicht zu sehen. Die werden dann am Wochenende für die Eltern in Käfigen rausgestellt. Mit krummverbogene Knochen vor lauter Krämpfe vonne Medikamente. Wie im Zoo is dat. Die meisten kommen da gar nich mehr raus, ausse Klapse."

„Ach du meine Güte. Hört sich nicht an, als könnte man da gesund werden."

Noah bemerkte, wie sehr es Herrn Hübner bewegte, darüber zu reden.

„Da sagense wat. Is die Marion auch nicht. 74 habense se zum ersten mal rausgelassen, obwohl die ja keinem wat getan hat. War ja immer friedlich. Eben nur depressiv." Noah sah, wie Herrn Hübner eine Träne über die Wange rann.

„Und na ja, am selben Abend nachdem ich se wieder dahin gebracht hat, hatse sich anner Türklinke erhängt." Er holte tief Luft. „So war dat", schloss er. „Aber ich will sie nicht langweilen mit meiner Rede."

„Nein, das tun Sie ja gar nicht", sagte Noah. „Ich hab schließlich gefragt. Und es tut mir wirklich sehr leid um Ihre Frau. Was Ihnen da widerfahren ist."

„Ja, aber wat will man machen? Lehm geht weiter."

Noah nickte nur. Es war unfassbar. Seine Urgroßmutter hatte sich das Leben genommen, weil sie von den Ärzten, die ihr eigentlich hätten helfen sollen und können, in den Selbstmord getrieben wurde. So verstand er es jedenfalls. Opa Rainer hatte nie was davon erwähnt. Alina wäre gegen so eine Sache garantiert vorgegangen. Aber Herrn Hübner schienen dazu Kraft und Mut zu fehlen.

Sie erreichten wieder die Hochstraße und Noah parkte vorsichtig ein.

„Brauchen nich aufpassen", sagte Werner lachend. „Dat Rücklicht is eh schon kaputt."

Den Humor hatte sein Urgroßvater offensichtlich nicht verloren.

„Wennse möchten und Zeit hamm, könnse mit hoch kommen. Die Heike hat Essen fertich. Dann könn wa anschließend zusammen dat Licht einbauen, dann lernense mal wat von nem Handwerker", sagte sein Urgroßvater. Noah freute sich. Er war schon etwas traurig gewesen, seine Vorfahren gleich wieder verlassen zu müssen.

„Na, wenn Ihnen das nichts ausmacht, gern", sagte er.

„Wenn Ihre Frau nicht zu Haus wartet?"

„Die ist gewohnt, daß es spät wird."

Es gab Schweineschnitzel mit einem Gemüse in einer weißen Rahmsoße, das Noah nicht kannte. Dazu panierte und gebratene Röllchen aus Kartoffelbrei. Es schmeckte hervorragend, und als er das auch sagte, lächelte Heike freundlich.

„Is doch en ganz normales Essen", sagte sie.

„Und trotzdem wunderbar", antwortete Noah.

Nach dem Essen tranken sie einen Klaren, und sein Urgroßvater lachte, als Noah seine Zigaretten auspackte.

„Auch Stuyvesant – Sachen gibbet."

„Eigentlich soll ich gar nicht mehr rauchen", sagte Noah. „Nach meinem Herzinfarkt. Aber ich kann es nicht so richtig sein lassen. Zu Hause rauch ich nicht. Nur auf der Arbeit."

„Besser, als sich mitte Frau Gemahlin anzulegen, wa?"

„Das ist wahr."

Sie rauchten ihre Zigarette und dann gingen sie in den Keller, wo sein Urgroßvater das Werkzeug hatte. Eine richtig kleine Werkstatt mit Feilbank und jede Menge Werkzeug aus der alten Zeit. Als sie alles beisammen hatten, deutete sein Urgroßvater auf den Kasten König Pilsener.

„Auch ne Flasche?"

„Da sag ich nicht nein."

Sein Urgroßvater nahm zwei Flaschen aus dem Kasten und öffnete sie geschickt mit einem Maulschlüssel. Dann reichte er Noah eine und stieß mit ihm an.

„Auf dat neue Rücklicht."

„Auf Sie!", sagte Noah.

Sie gingen auf die Straße und sein Urgroßvater fing an, das Rücklicht zu wechseln, als würde er so etwas jeden Tag machen. Noah hatte sein Bier noch nicht einmal ausgetrunken, da war es schon ausgetauscht.

„Na, dann schaun wa mal, obbet funktioniert. Ich lass mal den Wagen an und probier mal die Lichter aus. Wennse ma kurz dann Bescheid sahng, ob die alle klappen?"

„Sicher."

Die Lichter funktionierten tadellos. Sie nahmen den letzten Schluck Bier und prosteten sich zum Abschied nochmals zu.

Als Noah auf dem Weg nach Hause war, überkam es ihn plötzlich. Er musste rechts ranfahren und weinen. Dieses Treffen war so menschlich, so freundlich verlaufen. Kein Misstrauen, keine Gefahr. Man konnte sich einfach begegnen. Wie gern hätte er häufiger einen Abend mit seinen Vorfahren verbracht. Am liebsten hätte er sich ihnen zu erkennen gegeben, aber das war natürlich nicht möglich. Die hätten ihn für verrückt erklärt und sofort hochkant rausgeschmissen. Er musste an seine Urgroßmutter denken, die sich das Leben genommen hatte. In so einer heilen Welt.

Und schon jetzt vermisste er Werner, Heike und auch den kleinen Rainer, den er vor über dreißig Jahren als seinen Großvater beerdigt hatte.

20

Alina reichte Jan ein Glas Wasser. Nach einem starken Hustenanfall hatte das Tuch, das er sich vor dem Mund gehalten hatte, kleine rote Flecken.

„Das ist nicht gut", sagte Jan.

„Nein", antwortete Alina und seufzte.

„Die roten Punkte."

„Blut."

„Was meinst du, wie lange hab ich noch?", fragte Jan.

„Ich kann es nicht sagen. Kommt drauf an, was es ist. Ich vermute, daß es Krebs ist. So, wie du früher geraucht hast."

„Kein COPD?"

„Hatte ich anfangs gedacht, aber eher nicht. Genauso wenig wie Tuberkulose, dann hätte ich es auch bekommen."

„Ist ja auch egal. In jedem Fall wird es nicht mehr lange dauern."

„Nein."

Sie beugte sich zu Jan hinunter und umarmte ihn. Es gab keinerlei Therapie. Es gab nur Linderung und den Tod.

„Ich mache was zu essen", sagte Alina. Sie stand auf, ging zur Kochstelle und machte Feuer.

„Was meinst du, ob Noah was erreichen wird?", fragte Jan.

„Ich kann es mir kaum vorstellen."

„Aber er hatte doch diesen TV-Auftritt."

„Aber wer wird ihm geglaubt haben? Auf mich hat die Diskussion den Eindruck gemacht, als wolle man ihn diskreditieren."

„Ja, aber vielleicht hat er noch weitere Möglichkeiten."

„Ach, Jan, ich glaube nicht dran. Ich glaube, das wird alles nichts ändern. Sonst hätte es sich ja schon geändert, oder? Das einzige, was mich freut, ist, daß Noah es geschafft hat und nun vielleicht ein besseres Leben lebt. Ich würde es ihm wünschen."

Alina goss Wasser in den Kochtopf und stellte ihn auf den Rost. Dann setzte sie sich wieder zu Jan und strich ihm über die Wange.

„Ach, Jan", sagte sie und ihre Augen wurden feucht. „Ich weiß gar nicht, was ich ohne dich hier noch soll. Wo schon Noah weg ist. Wenn du nicht mehr bist, was soll ich dann noch hier?"

„Es muss eben irgendwie weitergehen."

„Ja? Muss es das? Wozu?"

„Vielleicht kannst du nach meinem Tod an einer Rückführung teilnehmen und hast so viel Glück wie Noah", sagte Jan.

Alina nickte. „Daran hatte ich auch schon gedacht, und ich war sogar letzte Woche beim IRZK."

„Ach, ja? Und was sagen die?"

„Die haben da keine Verwendung für eine Allgemeinmedizinerin. Wissenschaftlerin müsste ich sein, Physikerin oder Biologin oder sowas. Außerdem haben die ihre Rückführungsprogramme zurückgeschraubt."

„Wieso?"

„Weil nicht ausreichend Helium-3 für die Photonenantriebe vorhanden ist. Da müssen sie haushalten."
Alina und Jan sahen sich an. Dann stand Alina auf und ging wieder an die Kochstelle. Das Wasser kochte. Sie gab Linsen hinein.

„Linsen, Linsen, Linsen", sagte Jan. „Bin froh, wenn ich das alles hinter mir habe."

„Ich würde auch mit dir zusammen gehen", sagte Alina.

„Kommt gar nicht in die Tüte."

„Wieso?"

„Weil sich das nicht gehört."

„Wieso denn nicht?"

„Das wäre feige", antwortete Jan.

Alina schwieg. Auch diesen Gedanken trug sie schon länger mit sich: Mit Jan gemeinsam aus dem Leben scheiden. Weil, was sollte dann noch kommen? Sie war über fünfzig. Wie viele Jahre würden ihr noch bleiben? Vielleicht zehn. Maximal. Eher fünf als zehn. Sie würde fünf Jahre deprimierende Arbeit in ihrer Praxis erleben, würde abends alleine zu Hause sitzen, Linsen kochen und Hirsefladen dazu knabbern.

„Was denkst du?", fragte Jan.

„Nichts", antwortete sie und wusste, daß Jan ihr nicht glaubte. Aber sie mochte auch nicht mehr reden. Und so kochte sie die Linsen, holte das Fladenbrot aus dem Schrank und stellte zwei Teller zurecht.

21

Wie jeden Freitag ging Noah in der Mittagspause zwischen zwei Seminaren über Festkörperphysik zum Verlagshaus der AWZ. Er fuhr mit der Straßenbahn hin, statt sein Auto zu nehmen. Er mochte es, in der Bahn zu sitzen, die Leute zu beobachten und aus dem Fenster zu schauen. Die Weihnachtszeit nahte. Man hatte in der Innenstadt bereits die Weihnachtsbeleuchtung befestigt. Noah überlegte, ob Alina nun schon auf der Fensterbank ihren Kohlrabi pflegte. Manchmal gelang es ihr im Winter, welche zu züchten. Vielleicht würde es ja ausreichend Niederschlag geben und nicht ganz so heiß sein. Hier dagegen wurde es richtig frisch. Gisela hatte ihm bereits den Wintermantel an die Garderobe gehängt.

Am Hauptbahnhof stieg Noah aus. Das Verlagsgebäude lag schräg gegenüber. Nach dem Fernsehauftritt war er dazu übergegangen, den abgesprochenen Text für einen Teilerfolg –

„Suche ein Appartement in der Innenstadt für zurück-gezogene Stunden" – in der Rubrik Wohnungsanzeigen aufzugeben. Das tat er abwechselnd bei allen regionalen Zeitungsverlagen. Noah betrat das Verlagshaus und fuhr mit dem Lift in den dritten Stock zur Anzeigenaufnahme. Er begrüßte die Mitarbeiterin am Tresen und nahm sich

das Formular für Anzeigentexte. Noah füllte es wie immer in Druckschrift sauber und ordentlich mit seinem Vierfarbkugelschreiber aus und übergab es der Mitarbeiterin. Sie las den Text.

„Das ist ja was ganz neues. Haben sie diesmal keine Frau im Bus 13 gesehen?"

„Nein, diesmal nicht", sagte Noah und lachte verlegen. Aber eigentlich sollte es ihm ja egal sein. Die Frau machte ihren Job. Es sollte sie nicht kümmern, ob er eine Frau aus einem Bus wiedertreffen wollte, Laborgeräte zu verkaufen hatte oder ein Appartement suchte. Die Mitarbeiterin klickerte an ihrer Schreibmaschinentastatur herum. Noah wartete. Es dauerte immer einige Minuten.

„Vierzehn sechzig macht das dann", sagte die Mitarbeiterin, nachdem sie die Zeichen gezählt hatte. Sie legte ihm den Beleg zusammen mit dem Text wieder auf den Tresen. Noah zückte seine Geldbörse, zahlte, nahm den Beleg, verabschiedete sich und verließ das Gebäude. Auf dem Weg zur Bushaltestelle ließ er den Beleg zwischen den Fingern hin- und herwandern. Plötzlich stand Gisela vor ihm.

„Helmut, was machst du denn hier?", fragte sie.

„Ach nichts, habe grade Mittagspause."

„Und was hast du da?", fragte Gisela, und ehe er sich versah, hatte sie ihm den Anzeigen-Beleg aus der Hand gerissen und las ihn.

„Suche ein Appartement in der Innenstadt für zurückgezogene Stunden. Was hat das zu bedeuten?", fragte sie.

„Weißt du...", sagte Noah. Er sah, wie sie, vermutlich vor Zorn, errötete.

„Was weiß ich? Sags. Sags nur graderaus. Hat das was mit dieser Sofia zu tun?"

Noah hätte sich selbst ohrfeigen können, mit dem dummen Beleg auf der Straße herumzulaufen. Diese Unvorsichtigkeit könnte ihn nun in Teufels Küche bringen.

„Wir sprechen heute Abend darüber, in Ordnung?"

„Ja, wir sprechen. Und keine Ausflüchte. Ich will die Wahrheit. Damit wir uns recht verstehen."

Gisela machte auf den Absatz kehrt und ließ Noah stehen. Gleich begann das Fortgeschrittenen-Seminar. Noah musste jetzt einen klaren Kopf bewahren.

Als Noah am Abend nach Hause kam, saß Gisela mit einem Glas Rotwein am Tisch. Sie hatte gerötete Augen, als ob sie geweint hätte.

„Guten Abend", sagte Noah und setzte sich zu ihr, nachdem er seinen Mantel abgelegt hatte.

„Guten Abend, Helmut", sagte Gisela und hob das Glas. „Willst du auch? Es ist noch was in der Flasche."

„Nein, lass gut sein."

Noah überlegte, ob er ihr eine Lügengeschichte auftischen sollte, vom Ehemann, dem die Freiheit fehlt, vom Ehemann mit einer studentischen Hilfskraft als heimliche Geliebte. Oder ob er es wirklich mit der Wahrheit probieren sollte.

„Na los, sag es mir", sagte Gisela. „Hast du ein Verhältnis mit einer deiner Studentinnen?"

„Nein, Gisela. Nein, bestimmt nicht."

„Und wieso suchst du dann nach einem Appartement? Meinst du, ich merke nicht, daß du dich mehr und mehr von mir zurückziehst?"

„Tue ich das?", fragte Noah und berührte ihren Arm, doch sie zuckte zurück.

„Jetzt tu nicht so. Sicher weißt du das, so hast du dich noch nie verhalten. Früher, vor deinem Herzanfall..."

„Das war früher, es hat sich viel verändert", sagte Noah.

„Dann sag mir: Warum schaust du dich nach einem Appartement für zurückgezogene Stunden um? Du lügst mich an."

„Nein, Gisela, nein. Weißt du, es ist ein Code", sagte Noah und war selbst überrascht, dass er einfach so die Wahrheit sagen konnte.

„Ein Code?", fragte Gisela ungläubig. „Wofür?"

„Ein Code für eine erfolgreiche Aktion."

„Bist du ein Spion? Kommst du aus der DDR oder bist so ein KGB-Mann, oder was?" Gisela lachte aufgesetzt und rollte mit den Augen.

„Nein, nein, gewiss nicht, das bin ich nicht", antwortete Noah.

„Was denn dann? Was ist das für ein Code und was für eine Aktion?"

„Die Aktion war der Auftritt im Fernsehen." Nach der TV-Diskussion, die Gisela auch gesehen hatte, war sie noch komischer geworden. Vielleicht dachte sie, daß er bei seinem Herzstillstand einen irreparablen Hirnschaden erlitten hatte und bei ihm eine Sicherung durchgeknallt war.

„Aber den konnte doch jeder sehen, dafür braucht man doch keinen Code. Erzähl mir doch keinen Mist, Helmut. Ich bin doch nicht bescheuert." Sie drehte den Kopf zur Seite und winkte ab, als wolle sie Noah bedeuten, endlich still zu sein. Dann nahm sie einen Schluck aus ihrem Glas.

„Ja, du hast Recht. Aber die, für die die Nachricht war, die konnten den Fernsehauftritt nicht sehen. Die sind zu weit weg."

„So, so Helmut. Und wo ist das?"

Es hatte keinen Sinn mehr, Ausflüchte zu suchen. „Hier, genau hier. Oder besser gesagt, im Norden in Walsum."

„In Walsum? Dort kann man kein ZDF schauen?" Gisela lachte hämisch und donnerte das Glas auf den Tisch, so daß es laut knallte.

„In Walsum, aber im Jahr 2063", sagte Noah. Nun stand er auf und nahm sich einen Chantré aus der Hausbar. Er brauchte etwas Starkes.

„Im Jahr 2063?" Gisela grinste ihn an, als hielte sie ihn für völlig durchgeknallt. „Das willst du mir nicht allen Ernstes weismachen, oder? Weißt du eigentlich, wie dämlich sich das anhört?"

„Ich kann es mir vorstellen."

Gisela goss sich noch mehr Rotwein ein, nahm einen Schluck und sah ihn herausfordernd an.

„Willst du es hören oder nicht?", fragte Noah.

„Ich bin gespannt", sagte Gisela. Mit ihrem Glas in der Hand lehnte sie sich provokativ zurück, als würde nun ein guter Film im Fernsehen kommen.

Und so erzählte Noah ihr alles. Angefangen vom Jahr des Blackouts, dem Wiederaufbaus der dezentralen Stromversorgung, der Nahrungsmittelknappheit, den Seuchen, der medizinischen Katastrophe, von Sofia, Alina und Jan, dem IRZK, den Experimenten und den anderen Zielpersonen, die er nicht hatte kontaktieren können und daß er eigentlich Noah hieß und ihr Mann Helmut eigentlich tot sei.

Gisela hörte ihm zu, so wie Kinder einem Märchenerzähler zuhören. Mit großen, staunenden Augen. Aber Noah konnte nicht ausmachen, ob sie ihm glaubte oder seine Geschichte für absoluten Nonsens hielt.

Als er fertig war, blieb es einen Moment lang still.

„Bist du nun fertig?", fragte Gisela schließlich.

„Ja. Und bitte, behalte es für dich." Er sah sie eindringlich an. „Bitte. Du würdest mich in Gefahr bringen. Ich würde meine Doktorwürde aberkannt bekommen und meine Stelle verlieren."

„Das glaube ich allerdings auch", sagte Gisela und nickte. Sie sah Noah unverwandt an und es war etwas sehr Kaltes in ihrem Blick. Sie stand auf und holte sich eine zweite Flasche Wein aus der Küche.

In der Nacht schellte es an der Tür. Noah wachte auf. Das Bett neben ihm war leer. Er sah auf die Uhr: Halb drei. Wer schellte denn um diese Uhrzeit? Dann kam Gisela mit drei Männern ins Schlafzimmer.

„Was ist denn hier los?", fragte Noah.

„Das fragst du noch?", antwortete Gisela. Sie wandte sich an die Männer. „Bitte untersuchen sie ihn gründlich. Ich fühle mich hier nicht mehr sicher mit ihm, so leid es mir tut."

„Nun, dann stehen Sie mal auf und ziehen sich an. Ihre Frau wird Ihnen das Nötigste für die kommenden Tage einpacken."

22

Zwei Tage nach seiner Einlieferung hatte Gisela ihn besucht. Ohne Umschweife hatte sie die Karten auf den Tisch gelegt:

„Also: Ich halte dich nicht für verrückt, aber die Geschichte mit der Zeitreise kannst du dir wohin stecken. Für mich steht fest, du hast diese Anzeige aufgegeben, weil du ein Verhältnis hast. Also gib es einfach zu. Wir lassen uns scheiden, ich bekomme das Haus und du zahlst, und auch für dich ist es besser, weil du dann bald wieder hier raus bist."

Noah überlegte. Bisher hatte er niemandem was gesagt, keinem Therapeuten, keinem Arzt, hatte nur geschwiegen. Er hatte nicht vor, Elektroschocks zu bekommen oder in einem Käfig auf dem Gang zu stehen. Vielleicht war es tatsächlich besser, er würde auf Giselas Vorschlag eingehen. Und dann?

„Außerdem habe ich mit dem Dekanat der Universität telefoniert. Man sagte, du seiest in letzter Zeit auffällig gewesen. Versäumte Vorlesungen, dann diese Geschichte mit dem Fernsehauftritt, bei dem du dich auf diesen verstorbenen Professor der Uni Tübingen berufen hast. Das spricht dafür, daß du vielleicht doch verrückt bist." Sie legte den Kopf ein wenig schief. „Was meinst du? Überlege dir mal gut, was du willst und tust, mein Schatz."

Dieses *mein Schatz* klang hart und zynisch. Aber sie hatte Recht. Noah musste überlegen, wie er weiter verfahren wollte. Lange könnte er nicht mehr schweigen, und irgendwann würde es aufgrund der Blutuntersuchungen auffallen, daß er seine Medikamente nicht nahm.

„Falls du übrigens bei deiner Behauptung bleibst, du Zeitreisender, dann wünsche ich dir hier viel Spaß mit Jesus und Napoleon. Dann werde ich spätesten in einem halben Jahr das Haus verkaufen müssen, weil wir den Kredit nicht mehr bedienen können. Dann werde ich mich neu orientieren müssen. In dem Fall: Auf Nimmerwiedersehen."

Auch da musste er Gisela Recht geben. Wenn man ihn wirklich für verrückt hielt, dann wäre es vorbei mit ihm. Dann würden Jahre ins Land gehen, bevor er wieder das Licht der Freiheit sähe. Und dann? Keine Arbeit, keine Bleibe, keine Zukunft. Und wieviele Jahre blieben ihm dann überhaupt noch? Er wäre dann um die sechzig. Mit einem Leberschaden von den Medikamenten und wahrscheinlich geistig für immer beeinträchtigt. Wollte er das?

„Hast ja genug Zeit zum Nachdenken", sagte Gisela. Sie stand auf und war so schnell weg, wie sie gekommen war.

23

Alina trat in die Pedale. Sie radelte die Bundestraße 8 runter, in den Süden von Duisburg. Durchquerte Hamborn. Das alte Rathaus war halb verfallen. Vor einigen Jahren hatten dort noch Menschen gehaust. Dann war es ausgebrannt, weil jemand offenes Feuer gemacht hatte, und seitdem verfiel es. Hamborn war einmal schön gewesen, als Kinder waren sie dort immer ins Eiscafè Berndes gegangen, die hatten das beste Eis in ganz Duisburg gehabt. Die Leute hatten Schlange gestanden. Nun war es dort gefährlich. Sie durfte keinesfalls anhalten. Sie ließ die alte Feuerwache hinter sich. Dann kam sie nach Meiderich. Dort wohnten viele Leute, die versuchten, sich mit Schmuggel, Schwarzmarkt und kleinen Hehlereien über Wasser zu halten. Eigentlich wäre sie lieber die alte Autobahn langgefahren. Das hätte Zeit gespart und sie wäre weniger Risiken eingegangen, aber die Brücke der A59 war vor drei Wochen eingestürzt. Alina hatte eine Flasche Hirseschnaps dabei. Und Medikamente. Sie durfte nicht anhalten. Auch wenn der Weg noch weit war. Bestimmt noch an die zwölf Kilometer. Sie radelte und radelte.

Vorgestern hatte sie eine Flasche Wein auf dem Schwarzmarkt bekommen können.

„Wieviel?"

„1800", hatte der Mann geflüstert und ihr die Flasche gezeigt.

Es war ein italienischer Wein aus den zwanziger Jahren. Bestimmt ein edler Tropfen. Sie hatte noch nie solchen Wein getrunken. Selbst früher nicht, als es noch welchen im Handel gab. Sie hatte Bier, Jägermeister und auch Rotwein getrunken, als sie jünger war, aber so einen edlen Rotwein noch nie.

„1800?", fragte sie. Das war fast ein Monatsgehalt. Nicht, daß sie es nicht gehabt hätte oder daß es ihr die Sache nicht wert war, aber 1800 war eben eine Menge Geld.

„Sagen wir 1600, drunter aber wirklich nicht."

Alina wusste, daß der Mann die Flasche wahrscheinlich umsonst aufgetrieben hatte. Irgendwo hatte er eine leerstehende Wohnung geplündert. Das war sein Job. Plünderer. Und für die 1600 konnte er seiner Familie im StaLe Äpfel, Kartoffeln oder Pflanzenöl kaufen, damit sie durchkamen.

„Na, gut", sagte Alina und kramte das Geld aus ihrer Hosentasche. Der Mann schaute sich hektisch um, ob ihn jemand beobachtete. Regierungstruppen kreuzten ab und an die Straßen, und Schwarzhändler wurden von ihnen ausgeraubt und oft erschlagen.

„Hier", sagte Alina und reichte ihm das Geld. Er gab ihr die Flasche und war fort, bevor Alina hätte Piep sagen können. Sie steckte die Flasche in ihren Rucksack und fuhr nach Hause.

Alina passierte das Hafengebiet, die Aakerfährbrücke und kam nach Duissern. Hier war alles tot. Sie fuhr auf Neudorf zu. Dort gab es einige Lichter. Dort wohnten noch einige Menschen. Viele von ihnen waren Regierungsangestellte. So wie Noah einer gewesen war. Forscher, Beamte, aber auch Handwerker, die für öffentliche Arbeiten eingesetzt wurden. Sie fuhr den Sternbuschweg entlang. Die leeren, eingeschlagenen Schaufenster boten ein trostloses Bild. Hier und da waren Gitter heruntergelassen – an einem StaLe und an einem Pfandhaus. Es gab noch Pfandhausbesitzer, die Dinge eintauschten und an bessere Zeiten glaubten, in denen eine goldene Uhr, ein Ölgemälde oder ein Perserteppich wieder einen Wert bekämen. Alina glaubte an sowas nicht. Sie radelte und radelte. Die alte Regattabahn. Die Gegend wurde wieder dunkler. Das Licht ihres Rades huschte verloren über die aufgerissenen Straßen. Alina musste vorsichtig fahren, sonst wäre sie womöglich gestürzt. Im Süden von Neudorf sah es aus wie nach einem Krieg. Dort war vor einigen Jahren irgendwas vom Himmel gefallen, ein Satellit oder sowas, und hatte etliche Gebäude zum Einsturz gebracht. Es war ein Chaos gewesen, aber niemand hatte sich darum geschert. Die Menschen waren eben einfach in ein Nachbarhaus oder in das Viertel nebenan gezogen. Nach Wedau oder Wanheimerort.

Wohnungsnotstand gab es nicht mehr, seitdem die Bevölkerung so dezimiert war.

Endlich hatte Alina den Rotwein nach Hause gebracht.

„Alina, wo warst du denn solange?", hatte Jan gefragt.

„Schau mal", hatte sie geantwortet und die Flasche aus dem Rucksack gezogen.

„Mensch, du bist so unvernünftig, meine Liebe", hatte Jan gesagt, aber Alina hatte an seinem Gesicht gesehen, wie es ihn freute.

„Schließlich bleibt uns nicht mehr viel Gelegenheit zum Unvernünftigsein."

„Ja, das stimmt", antwortete Jan und hustete Blut in sein Tuch.

Alina hatte für diesen Abend auch schon etwas zu Essen vorbereitet. Sie hatte etwas Katze bekommen und Unkräuter zum Würzen gesammelt. Außerdem etwas Mais aus dem StaLe und sogar zwei Äpfel, aus denen sie Kompott gekocht hatte. Sie fachte das Feuer an und machte sich daran, die Katze zu kochen und den Mais von den Kolben zu lösen.

„Wie geht es dir?", fragte sie Jan.

Sie gab den Mais mit dem vorgekochten Hafer in einen Topf und stellte ihn auf den Rost.

„Ich bin eigentlich ganz ruhig."

„Ich bin auch sehr ruhig. Aber traurig."

Sie setzte sich zu ihm, beugte sich zu ihm hinunter und nahm ihn in die Arme. Jan fasste ihre Arme und drückte sich an sie. Er strich ihr durchs Haar.

Dann löste sich Alina wieder, um sich weiter um das Essen zu kümmern. Als es gar war, stellte sie den kleinen Tisch an Jans Bett und stellte die Flasche Wein darauf. Sie füllte zwei Teller mit Katze, zwei kleine Schalen mit dem Apfelkompott und nahm zwei Gläser aus dem Schrank, polierte sie und kramte dann nach etwas, mit dem sie die Flasche öffnen konnte. Schließlich entschied sie sich für ein kleines Messer, mit dessen Griff sie den Korken in die Flasche drücken konnte.

Alina schenkte ein.

„Auf dich, daß du ewig leben mögest."

„Auf dich, Alina."

„Auf uns."

Sie stießen an, tranken, aßen und genossen ihre Zeit. Als sie aufgegessen hatten, sagte Jan:

„Nun, dann gib mir die Dinger, irgendwann muss es ja sein."

„Ja", sagte Alina und begann zu weinen. Sie kramte die Tabletten aus ihrem Rucksack.

„Zuerst die fünf hier. Dann, wenn du müde wirst, sag Bescheid, dann kommen die nächsten."

Jan nahm die Tabletten und spülte sie mit dem Rotwein hinunter. Alina kroch zu ihm ins Bett und sie hielten einander, die Gesichter eng beieinander, so wie früher, als sie sich kennengelernt hatten.

Es dauerte eine halbe Stunde, dann war Jan tot. Alina hielt ihn noch lange im Arm. Sie hatte schon oft versucht, es sich vorzustellen, wie es wäre, wenn Jan tot wäre, aber die Realität war gar nicht so. Alina war nicht so vernünftig, wie sie erwartet hatte, nicht so hart und abgeklärt. Sie konnte keinen klaren Gedanken fassen. Sie trank den Rest Rotwein. Er schmeckte ihr gar nicht. Plötzlich keimte Verzweiflung in ihr auf, Wut. Alina stand auf und fegte die Zeitungen vom Tisch, in denen sie nach Noahs Anzeigen gesucht hatte. Sie nahm den Kochtopf von der Feuerstelle, warf ihn in die Ecke, trat gegen das Rost. Sie schrie. Sie spürte sich gar nicht mehr und es gingen immer mehr Dinge zu Bruch. Die Bücher fegte sie aus dem Regal, sie öffnete das Fenster und warf ihre Kohlrabi-Setzlinge hinaus, schrie und heulte laut. Irgendwann weinte sie nur noch leise. Die Wohnung sah aus wie nach einem Bombenangriff. Alina schluchzte ein letztes Mal zitternd. Dann legte sie sich zu Jan und schlief ein.

Am nächsten Morgen ging sie nicht in die Praxis. Sie frühstückte ein wenig Hirsebrot. Dann sammelte sie alle alten Plastikblumen in der Wohnung zusammen. Sie wollte Jan auf keinen Fall von der Entsorgungsstelle abholen lassen. Sie bahrte ihn auf, drapierte die Blumen um ihn herum, aß nochmal etwas Hirsebrot, und als der Abend gekommen war, betrank sie sich mit Hirseschnaps und weinte. Am darauffolgenden Tag fuhr sie morgens zu ihrer Praxis. Sie nahm alle Medikamente, die es dort gab, das Kortison, die Antibiotika, Tavor und auch die Blutdrucksenker, und auf dem Rückweg verschenkte sie einige davon an Menschen, die sie auf dem Weg traf und die sie kannte oder die ihr bedürftig erschienen. Einige behielt sie. Sie wusste welche. Zu Hause angekommen, setzte sie sich zu Jan.

„Weißt du Jan", sagte sie. „Ich habe immer gehofft, daß es nochmal besser würde. Daß da irgendwas geschehen würde. Ich habe immer gehofft, daß das alles anders kommen würde. Vielleicht sogar, daß du wieder gesund werden könntest. Aber das war alles nur ein Traum. Ein schöner Traum. Und nun. Ist er zu Ende geträumt. Es hat sich nichts erfüllt. Nichts hat sich erfüllt. Immer haben wir alles so stoisch ertragen. Und du hast so viel mehr ertragen müssen, hast so lange dagelegen und alles ertragen müssen. Konntest nicht mehr arbeiten, nicht mehr leben, nicht mehr… Ich weiß, du bist da jetzt irgendwo und siehst mich und denkst, Alina, rede nicht so ein dummes Zeug, alles ist gut. Ich weiß, daß du willst, daß ich mein Leben weiterlebe. Aber ich kann nicht. Wozu soll ich noch? Was will ich noch hier? Jan. Mein Jan."

Sie beugte sich zu ihm und gab ihm einen Kuss auf seine kalten Lippen. Die Leichenstarre war gewichen. Er fühlte sich weich und kalt an. Alina strich ihm die Haare aus der Stirn.

Dann nahm sie ihren Rucksack, steckte die Flasche Hirseschnaps ein und verließ die Wohnung.

Alina erreichte die Sechs-Seen-Platte. Der Mond spiegelte sich auf der spiegelglatten Wasseroberfläche. Sie radelte ein Stück weit um sie herum. Früher waren sie dort spazieren gegangen. Am Ufer des alten Freibades Wolfsee fand sie einen ruhigen Platz. Dort legte sie ihr Fahrrad in den vertrockneten Rasen und setzte sich. Sie blickte auf den See. Ganz ruhig war der und glänzte. Alina holte die Tabletten aus ihrem Rucksack. Sie spülte die ersten fünf mit einem großen Schluck Hirseschnaps hinunter. Sie legte sich hin und stützte ihren Kopf auf den Rucksack, so daß sie aufs Wasser sehen konnte. Wie schön das aussah. Als sie langsam müde wurde, nahm sie die restlichen Pillen zusammen mit einigen kräftigen Schlucken aus der Flasche und wurde ganz ruhig. Wie schön wäre es gewesen, mit Jan zusammen aus der Welt zu scheiden. Aber sie hätte ihn enttäuscht, wenn sie mit ihm gegangen wäre. Dann wurde Alina sehr müde. Sie konnte kaum noch einen klaren Blick auf den See werfen. Sie dachte an Noah. Hoffentlich würde der es besser haben. In den Siebzigern. Wie schön. Wo alles noch lebhaft, einfach und bunt war. Mit Pflanzen, Essen und Tieren. Mit langen Kragen, Kotletten und großen Sonnenbrillen. Ihre Gedanken verschwammen. Noah, Jan. Tiere. Ein Regenbogen? Vielleicht. Gute Nacht.

24

Noah hatte die Eingangstür zur Station manipuliert. Das war ganz einfach gewesen. Er hatte Knete, die zum Basteln in der Therapie genutzt wurde, in den Türschnapper gesteckt, so daß es bündig abschloss und alles mit ein wenig Papier nachmodelliert, damit die Schließung nicht in der Knete klebenblieb. Noah testete seine Bastelarbeit. Es funktionierte ausgezeichnet. Die Türe ging komplett zu und ließ sich wieder ohne Probleme öffnen. Hoffentlich würde das niemand in den nächsten Stunden entdecken. Hoffentlich würde die Knete nicht weiter zusammengedrückt werden. Er musste es darauf ankommen lassen. Er hatte auch die Tabletten, die sie ihm verabreichten, nie hinuntergeschluckt. Er hatte sie in der Mundhöhle behalten, getan, als schlucke er sie, und war dann einige Minuten darauf zum Klo gegangen und hatte sie in den Abfluss gespuckt. Manchmal waren sie schon in seiner Mundhöhle aufgequollen. Und bitter waren sie. Elendig bitter. Er bekam den Geschmack den ganzen Tag nicht aus seinem Mund. Abends spuckte er seine Tablette in die Schublade seines Nachttisches.

Erst hatte er überlegt, ob er den Ärzten und Therapeuten versuchen sollte zu erzählen, daß er seine Frau hatte anlügen wollen, aber dann war ihm klargeworden, daß sein Verhalten zu auffällig war. Bestimmt hatten sie Hintergrundinformationen, die Fernsehsendung, die Anzeige wegen der Sache mit dem Granatwerfer, all das. Das ergab ein eindeutiges Bild. Also versuchte er zu kooperieren und sich einsichtig zu zeigen.

Er hatte das Schweigen aufgegeben und etwas von Überarbeitung und Stress an der Universität erzählt. Leistungsdruck, Konflikte daheim, und das alles nach dem schweren Herzinfarkt. Da war er wohl irgendwie aus dem Tritt gekommen.

In der AWZ von letzter Woche hatte Noah eine Anzeige gelesen, der er unbedingt nachgehen musste:

Ich bin wieder in Duisburg. Ruf mich an: 871191,
Alina

Er konnte also nicht mehr in der Klinik mit ihren Sechsbett-Zimmern bleiben, in der er sich vorkam wie ein kleiner Junge im Schullandheim. Er musste raus. Alina kontaktieren. Nicht mehr zwischen den sedierten Männern, die sabbernd über die Gänge schlurften und mit den einfachsten Dingen wie Essensausgabe oder Bettenmachen überfordert waren, herumhängen.

Noah bereitete sich vor. Er hatte ein paar persönliche Dinge beisammen gepackt, die Tabletten in seine Tasche gesteckt und die Anzeige mit Alinas Telefonnummer auch. Als die Schwestern und Pfleger, wie immer gegen halb zwei im Gruppenraum die Übergabe hatten, schlüpfte er in seine Zivilkleidung und huschte aus der Station. Niemand beachtete ihn. Es war einfacher, als er angenommen hatte.

Noah wartete an der Passage zum Eingangsbereich und beobachtete den diensthabenden Portier. Als der kurz von der Rezeption verschwand, ging er einfach ins Freie. Als sei er ein Besucher. Es würde nun bis zur Medikamentenausgabe am Abend dauern, bis man seine Abwesenheit bemerkte.

Noah nahm die Straßenbahn Richtung Stadtmitte. Er kaufte sich eine Zeitung und eine Schachtel Gitanes ohne Filter. Er bat den Verkäufer, ihm mit dem Wechselgeld einige Zehn-Pfennigstücke rauszugeben, weil er telefonieren müsse. Dann suchte Noah die nächste Telefonzelle auf. Es roch nach kaltem Rauch und Noah nahm den Hörer ab, warf die zwei Münzen ein und wählte. 8 – 7, Noah konnte es kaum abwarten, bis die Wählscheibe sich mit ihrem satten Rattattatta wieder in der Ausgangsposition zurückgestellt hatte. 1 – 1 – 9 – Rattattattatta und die letzte eins. Er lauschte dem Freizeichen.

„Hallo?", fragte eine Frauenstimme mit polnischem oder russischem Akzent.

„Alina?"

„Ja? Wer ist dort?", fragte die Frauenstimme.

„Noah."

„Noah?"

„Noah, Dein Bruder. Ich habe Deine Anzeige gelesen."

„Ich kenne keinen Noah, ich habe gar keinen Bruder."

„Aber..." Noah schluckte. Wer war dann diese Alina.

„Ich bin Alina Pochilski und die Anzeige war für einen Freund. Er ist umgezogen und ich weiß nicht, wohin."

Noah schlug mit der Faust gegen den Telefonapparat und hing ein. Es wäre auch alles zu schön gewesen. Er schlug erneut gegen den Apparat, stieß die Tür auf und steckte sich eine Zigarette an. Was sollte er nun tun? Aber es war nicht zu ändern. Er musste sich damit abfinden.

Nach einiger Zeit des ziellosen Herumlaufens setzte er sich in ein Café. Dort aß er ein Stück Kuchen, trank einen Kaffee, las die Zeitung und rauchte eine Gitanes nach der anderen. Nicht, daß ihn die Nachrichten interessierten, aber der Akt des Dasitzens und Genießens befriedigte ihn. Als er davon genug hatte, ging er ins Kino. Er wusste nicht, ob er lieber *Der Texaner* – einen Western – oder *King Kong* sehen sollte und entschied sich dann für *Brust oder Keule* mit Louis de Funès. Ihm war nach Lachen und weder nach staubiger Wüste, die er zur Genüge kannte, noch nach Riesenaffen.

Nach dem Kino ging er nochmals essen; ins *Peking*, das chinesische Restaurant auf der Hauptstraße, das im Keller gelegen war. Die Räumlichkeiten waren dunkel und die Atomsphäre war ruhig und warm. Er schlug sich den Bauch voll, wie er es selten getan hatte. Als er das *Peking* verließ, dunkelte es schon. Noah kaufte sich eine Flasche Cognac und eine Flasche Wasser. Dann nahm er den Bus nach Duisburg-Wedau. Er überlegte, ob er nochmal kurz zu dem Haus gehen sollte, in dem er die letzten Monate gewohnt hatte. Nochmals einen Blick ins Fenster werfen, nachschauen, wie es Gisela dort allein wohl ging. Sie tat ihm trotz allem ein wenig leid.

Aber Noah entschied sich dagegen und ging direkt zur Sechs-Seen-Platte. Er suchte sich ein stilles Plätzchen und fand eines gegenüber dem Freibad am Wolfsee. Er setzte sich ins Gras. Es war kalt, aber nach ein paar Schlucken Cognac wurde ihm wohlig warm. Der Mond schien und das Wasser glitzerte. Er nahm die Schlaftabletten die er in den letzten zwei Wochen allabendlich in seine Schublade gespien hatte. Noah blickte zum Mond. Kaum zu fassen, daß man dort in einem halben Jahrhundert Helium-3 abbauen würde. Wieso ließen sie den alten Mond nicht einfach in Ruhe und kümmerten sich um die Welt? Alles lag in seiner Hand und nichts konnte er erreichen. Er hatte seinen Auftrag nicht erfüllen können. Er war ohne Papiere unterwegs. Hatte weder Unterkunft noch Geld. Würde man ihn aufgreifen und seine Identität ermitteln, so würde er wieder in der Psychiatrischen landen. Oder im Knast wegen der Granatwerfer-Geschichte. Ginge er zu Gisela, dasselbe. Was waren also seine Alternativen? Eine Existenz als Obdachloser? War das seine Zukunft?

Was auch immer kam – jetzt würde er sich erstmal mit dem Weinbrand und den Medikamenten betäuben. Er spülte die restlichen Tabletten hinterher. Nahm einen großen Schluck Cognac. Wartete einige Zeit, dann wurde er langsam müde. Die Flasche Cognac war schon halb leer. Sein Blick fiel auf den See. Wenn er die Augen zusammenkniff, sah er dort drüben am Ufer des Freibades eine Person sitzen. Und als er die Augen noch fester zusammenkniff, glaubte er, dort Alina zu erkennen. Alina, die auch einen Schluck trank und sich dann zurücklehnte. Aber das konnte ja gar nicht sein.

Noah setzte die Flasche an und leerte sie in einem Zug. Dann lehnte er sich zurück und seine Gedanken waren bei Alina, Jan und Sofia. Vielleicht würde er per Anhalter versuchen in den Süden zu gelangen. In Italien war es bestimmt noch schön. In den Siebzigern. Es wurde ganz warm. Dann schlief er ein.

Mein Dank gilt Fritz und Michael für's erste Probelesen, Karla und Stefan für's Lektorieren und Nicole, Andreas, Max und Michel für die Endkontrolle.

Für die Vorlage des Umschlagsphotos bedanke ich mich bei Kathrin und Hans-Hermann mit ihrer Webseite www.phoenix-on-tour.de.

Außerdem einen schönen Dank an Ingo für seine Tipps zur Waffenkunde und dem Buch "briefe aus der raf aus der diskussion 1973-1977" für die schönen Phrasen.

1. Auflage

© Jörg Ingenpaß, 2021, 2023
Alle Rechte vörbehalten
Umschlag & Satz: Jörg Ingenpaß
Umschlagdesign: Jörg Ingenpaß
Herstellung und Verlag: BoD – Books
on Demand, Norderstedt
Köntakt: j.ingenpass@gmail.cöm